U0599129

語可書坊

作家文摘　**语之可**　第五辑（13-15）

顾　问（以姓氏笔画为序）

冯骥才　孙　郁　苏叔阳　张抗抗　张　炜
梁　衡　梁晓声　韩少功　熊召政

主　编　张亚丽　　　　**副主编**　唐　兰

编　辑　姬小琴　王素蓉　裴　岚　之　语

设　计　于文妍　之　可

语之可 13

Proper words

万里写入襟怀间

作家出版社

目 录

向左转：老舍在美国

李 伟

1949 年 6 月，纽约，老舍对石垣绫子说："中国共产党完全可以掌握好、治理好全中国……我仍是中国的作家，光在美国写不出什么东西的。不和中国民众共同生活，耳畔消失了华语的乡音，那么我写不出真正的文学作品。"他最后说："中国已经有希望了。我要尽快回到中国去。"

"放青儿"

1945年8月，抗日战争胜利。流亡于重庆的文化人也开始陆续回家。但老舍一家仍客居重庆的北碚，他无家可回。

来重庆前，他的家在山东济南，早已被日军飞机炸毁。母亲也在战争期间病逝于北京。老舍是自由职业者，不愿回到南京去，说那儿没他的事。虽极想回北京，但去了也无事可干。于是，利用难得稳定的时间，他决定留在重庆，继续写《四世同堂》的第三部——《饥荒》。另外，作为中华全国文艺界抗敌协会的实际负责人（总务部主任），他需要处理"文协"的善后事宜。

老舍并不从"文协"拿薪水，一家生活全靠卖文为生。他很穷，居无定所。无论酷暑寒冬，总是在那个缺少阳光的小房间里，日复一日埋头写作。老友罗荣培来了，他请客吃饭，就要去当掉身上的袍子。因为营养不良，他患上了贫血，经常头晕而无法工作。香烟都只能单支地买。

好友宁承恩后来在回忆文章中描述了老舍的窘况："他的小说卖出去的时候法币还值点钱，两三年后币值跌落不堪，等法币到了老舍手中，那些法币就买不了几碗面。老舍一辈子穷。他说世界上'最伟大的一个字——饭——给我时间与饭我能够写出较好的东西，不信咱们就试试'。但是几十年没人能接受他的挑战。"

这一年的 10 月，在绝大多数会员的要求下，"文协"决定改名为"中华全国文艺界协会"，继续存在下去，老舍暂时还无法卸任。"文协"成立于 1938 年 3 月，在武汉，当时冯玉祥将军和周恩来共同推举老舍任总务部主任，负责日常工作。"文协"是当时最大的全国性文艺组织，会员囊括了左中右各类文人。为了协调国共之争，协会不设主席和副主席，因而老舍也是实际的负责人。老舍之所以走上前台，一方面在于他的知名度与文学地位，更重要的，则是其无党、无派的自由主义身份。

在战后的重庆，老舍一面写小说，一面继续以文化界领袖的身份阻止内战，推动和平、民主建国。他与郭沫若、茅盾、巴金等三十多位文化人一道，在《陪都文艺界致政治协商会议各会员书》上签字，要求结束一党专制，废止党化教育，取消豢养特务政策。同时，他还联络会同众多作家，通过赛珍珠向美国作家发出公开信，请求他们尽力阻止美国卷入中国内战。

就在致信赛珍珠后不久，1946 年 1 月，老舍收到了美国国务院的邀请，赴美讲学一年。同行的还有剧作家曹禺。

老舍与曹禺所参加的项目，全称"国际教育和文化交流计划"，归美国国务院负责，其肇始于 1940 年，最初面对的只是拉美国家。"珍珠港事件"后，美国加强中国抗战援助，首次于西半球以外，特辟对华关系项目，在教育、公共健康、卫生、农业和工程学诸领域，给学界人士以切实支持。

1942 年 9 月，汉学家费正清代表美国政府，经印度和昆明抵达重庆，直接介入对华文化关系规划。他认为：

中国人会像日本人曾做过的那样，接受我们的科学技术。……当然，要把中国变成跟美国一样，并不是我们的目标，而且也不可能。但我们的目标，是要在美中两国之间建造一个共同的立场。

正是为了"共同的立场"，1943—1947年，共有二十六位中国知识分子，分四批受邀赴美。前三批参加者主要是知名大学教授，比如金岳霖、费孝通、陈序经、杨振声、林同济、梅贻宝、严济慈、陶孟和等。唯独最后一批，也就是1946—1947年的入选者，不光有张孝骞、侯宝璋和赵九章等五位学者，另外还有三位文艺家，即老舍、曹禺和叶浅予，他们分别代表中国的小说、戏剧和美术界。

文艺家受邀请，也是费正清的主意。他说："美国人在系统地阐述我们美国文化的价值准则，即我们现在称之为民主生活方式上，一直落后于形势的要求。"就在美国向老舍发出邀请前，苏联已经邀请了郭沫若、丁西林等左翼知识分子访问苏联。所以，美国对老舍的邀请也带有一定的政治色彩。

老舍的自由主义身份使他获得了美国政府的关注，他是公认的"自由主义"作家。他曾公开多次表示过："我不是国民党，也不是共产党，谁真正抗战，我就跟谁走，我就是一个抗战派。"法国研究者保尔·巴迪写道："战前中国的作家中拒绝听命于党派的并不很多，但老舍是其中之一，他竭力捍卫自由的价值：如人类的尊严，民族的独立和个人的自由。"当时，美国步苏联后尘，面对的只能是中间派，其中最有影响的就是老舍。

选择老舍很可能也是出于费正清的偏爱。老舍之子舒乙，曾经受斯坦福大学之邀访问美国，探寻老舍在美国的足迹。他在美国主要图书馆中，找到了大量老舍的书籍。1949年以前的老版本，美国收藏了一百三十三种。其中哈佛燕京图书馆中就收藏有大量抗战时期的老舍书籍，不少是在重庆用土纸印刷，这些书都出自费正清之手，上面有他捐赠的标志，是他当年由重庆收集带回美国的。还有一些是老舍的赠书，署有老舍的签名，也就是说，费正清在华期间专门研究过老舍，熟悉他的作品。

在费正清的专著《美国与中国》中，他介绍中国文学，推荐十一部译成英文的中国著作，有长篇小说，也有短篇小说选集，其中老舍著作所占比例，远在他人之上。五部古典文学中，《金瓶梅》的艾吉敦译本，是老舍在伦敦当老师时，帮助翻译而成。六部现代文学作品中，和赛珍珠的《大地》并列的，就是《骆驼祥子》。王际真编译的《当代中国小说选》里，所收老舍作品也最多，包括五个短篇。以余英时的观点看，费正清这部书，是"一部销行很广、影响很大的著作，在第二次世界大战后，它差不多成了美国一般知识阶层认识中国的一本入门书"。因而也可以说，老舍能进入美国文坛，费正清起到了重要作用。

其实，在老舍赴美前一年，他的代表作《骆驼祥子》已翻译成英文，由雷诺·希区柯克公司（Reynal Hitchcock Co.）在美国出版，被选为"每月畅销书"。老舍虽在国内穷困不堪，但在美国已经有了很高的声望。

《骆驼祥子》的翻译者是伊凡·金（Evan King），原名罗伯特·S. 沃德（Robert S.Ward），曾在美国驻华领事馆工作。他在翻译过程中，却违背了老舍的意图，把悲剧的结尾改成了大团圆，祥子和小福子都活了下来。翻译者还杜撰了一些新的情节，在小说结尾，临刑的清华女生，一路高呼着"出版自由""打倒秘密警察""反对奸诈政客出卖正义""驱除政府腐败"和"言论自由"等口号。在这部盗译的《骆驼祥子》中，美国人似乎从中感受到了"美国民主"的意味，将老舍幻想为"自己人"。但遗憾的是，无论费正清还是其他国务院官员，都辨识不出这些进步女生，还有她的口号，并不属于老舍，而是出自翻译者，也是他们的外交官同事沃德之手，其目的在于逢迎本国读者的趣味。而当时老舍也并不了解自己的作品已被篡改。

就老舍而言，他对这次美国之行充满了期望。在临行前他对《上海文化》杂志的朋友王敬康谈起此行的目的："第一，希望能积极沟通中美两国的文化，以促进邦谊。其次，希望好莱坞在采取他的小说摄成电影时，他希望收集一笔款子，能对国内文化人做一点有益的工作。"在老舍出发前，出版商雷诺·希区柯克已经答应支付《骆驼祥子》的版税，同时已有电影公司考虑将其搬上银幕。

另一方面，老舍内心深处对于美国的民主制度十分期待，他也希望中国能真正走上民主之路。

近年来，马里兰美国国家档案馆发现了老舍呈送给美方的"访问计划书"。在这份计划书中，老舍赞扬了美国的民主制度，他认为中国虽有上千年文明，"却在民主制度方面，仍是一个刚刚蹒跚学步幼童的民族"。所以，"在艰辛的国家复兴和建设中，我相信，我们需要付出很多，但需要吸纳的则更多……我衷心期望，能把在美国学到的一切，传递给我的同胞，对促进两国互相理解，略尽绵薄之力"。

老舍离开中国前写了一部未完成的小说《民主世界》，发表在重庆的《民心半月刊》上。故事发生在一个虚拟的小镇——金光镇，影射他所居住的北碚。官僚们虽然"曾到英美各民主国家考察过政治"，但他们的民主只是一个幌子。他们在镇上推行他们的"法律"和"法治"，明确姨太太在家中的地位，制定"法律"规定不支付房租。老舍讽刺地写道："民主精神是大官发表意见，小官们只能低头不语。"遗憾的是，这部小说只发表了最初三章便戛然而止，留下了很多想象空间。

1946年3月4日，老舍和曹禺乘坐美国"史各脱将军"号运输船离开了上海。当时《上海文化》杂志称赞老舍是："一个始终为了中国的自由和人民的幸福而战斗的无党无派的自由作家。"

美国的隔阂

海上漂泊了十六天后，3月20日，老舍与曹禺抵达了美国西雅图。稍作休整，他们经芝加哥，于29日抵达华盛顿，向美国国务院确定了讲学和访问日程。在此后半年中，他们辗转了大半个美国，先后访问了华盛顿、纽约、科罗拉多、新墨西哥、加利福尼亚等地。

在华盛顿，他们受到了高规格接待，被安排在专门接待国家贵宾的来世礼宾馆（Leslie House）下榻。恰好当时英国首相丘吉尔访美，住在来世礼的甲宾馆，而老舍和曹禺住在乙宾馆，两人各住一室，周围环境幽雅，美国外交部还特派专人来招待他们。

4月，两人抵达纽约，在车站受到朋友、翻译家乔志高（即高克毅）的迎接。他是第一个向美国文学界介绍老舍的人。当时"二战"刚结束，纽约战时畸形繁荣的气氛尚未消退，旅馆和公寓都非常紧张。乔志高考虑到老舍曾在英国生活过多年，随便把他安排在位于闹市中心、粗俗不堪的旅馆里去显然不合适，于是便在史丹霍饭店订了两个房间。这家宾馆位于第五大道81街，绿荫夹道。这里写作也没人打扰，会客也不失体面，过一条马路就可以去大都会博物馆参观。

过了几天，乔志高请他们在纽约小有名气的广州茶园就餐。老舍说他们已经搬了旅馆，从史丹霍到了塔夫脱饭店。塔夫脱地处闹市，与静谧的史丹霍形成了鲜明的对比。老舍直言相告，搬到塔夫脱，无非是因为房价便宜。美国国务院的津贴是有标准的，超标了便要自己付钱。而就在塔夫脱酒店门口，老舍还被骗去了50美元。

接下来的一段日子，老舍和曹禺格外忙碌。他们见到了旅美的中国电影演员王莹，在王莹安排下与美国著名女作家赛珍珠座谈了两次。又经王莹引见，拜访了旅美的德国戏剧家布莱希特。当时布莱希特正在写作《伽利略传》。

老舍还受邀在纽约附近的"雅斗（Yaddo）文艺创

作中心"居住了三周。雅斗是一座大花园，占地一万多亩，花园的主人名叫萨拉托加·斯普林，热心艺术。他去世后，继承人便招待艺术家、作家来此创作休养。当时，日本作家石垣绫子也在此创作。她后来回忆，老舍刚来时穿着一套整齐的西装，系着一条朴素的领带，"给人的第一印象，与其说是个作家，不如说更像一个教师"。左翼作家史沫特莱也正住在园内，她在撰写《朱德传》，因此也与老舍有了更多的共同语言。

经历了动荡的岁月，老舍难得有这样一段富足而安宁的写作时光。他每天起床后便在花丛中打太极，早饭后在属于自己的小书房内写作。傍晚，作家们则聚在一起，打球、散步、划船，共进晚餐。这是老舍在美国最愉快的一段时间。

在美国，老舍与曹禺的主要任务是讲学。老舍讲题为《中国的现代小说》等，曹禺讲《中国戏剧之历史与现状》。老舍到美国后，很快感受到了巨大隔阂。美国人热衷于唐诗宋词和明清瓷器，对今日之中国文化知之甚少。《骆驼祥子》在美国做的广告，画面上是一个脑袋后面拖着长辫子的中国人，辫子翘得高高的，这就是

20 世纪 40 年代中国人在美国人心目中的形象。

老舍希望通过他的演讲改变美国人的偏见，但收效甚微。他后来对石垣绫子说：

> 如果他们都是想要了解中国的认认真真的听众，那当然很好，可并不是这样。长期以来的战争使中国人蒙受了多大的苦难，而且，至今这种苦难仍然还在继续呢，可他们却不想了解中国人的苦恼。

如果说在赴美之前，老舍内心深处还有一些"美国梦"的憧憬，那么很快，这个憧憬便烟消云散了。到美国不久，他就在一篇题为《旅美观感》的广播讲话中，告诫国人：

> 不要以为美国人的生活是十分圆满的，在美国也有许多困难的问题，比如劳资纠纷、社会不安。我们也要研究他们社会不安的原因，作为改进我们社会不景现象的参考。

老舍和曹禺只去过南方一次，却给他们留下了难忘印象。新墨西哥州有专为印第安人圈设的"保留地"，他们眼前呈现的是一片荒凉凄惨的景象。老舍和曹禺下了车，围过来一大群土著人的孩子，衣衫破烂，面黄肌瘦，手里举着自制的陶器兜售叫卖。老舍见了心里很难过，对比美国北方白人富足文明的生活，实在难以相信这群孩子与他们同处一国。老舍和曹禺谈起了美国的起源，说美国自有进步的一面，同时也有掠夺和残酷的压榨。

在华盛顿，老舍也为美国社会中的种族歧视感到愤怒。当时，他们邀请黑人作家去吃饭，但那家饭店门口却立着"禁止黑人进餐"的牌子。

更让老舍感到愤怒的是，他发现《骆驼祥子》被译者伊凡·金肆意篡改，牟取暴利。伊凡·金还成立了自己的出版公司，偷译了老舍最满意的作品《离婚》，他让书中的"老李"和"马太太"幸福地生活在了一起，还加入了大量性描写。可笑的是，他不用老舍常用的英译名"Lau Shaw"或"Lao Sheh"，而改用意译"Venerable House"（古老的房子）。这让老舍感到了侮辱。更可恶的是，版权页上写着"版权归伊凡·金所有"，而封套上写着这本书是译者根据老舍所作《离婚》京话本（Pekinese）翻译改编而成。他故意不用"中文本"而说"京话本"，是为了混淆读者耳目，逃避法律责任。最后，老舍不得不通过法律手段夺回了自己的著作权，伊凡·金的"翻译本"只能在他自己的书店里销售。他又邀请旅美华人作家郭镜秋女士合作，将《离婚》翻译出来，取名《老李对爱的追求》（The Quest of Love of Lao Lee）。

版权纠纷，让老舍对美国社会的过度商业化感到厌恶。他在后来给楼适夷的信中倾吐了在美国的种种苦闷——吃不好饭、睡不好觉，最坏的是"心情"——"假如我是个翩翩少年，而且袋中有冤孽钱，我大可去天天吃点喝点好的，而后汽车兜风，舞场扭腔，乐不思蜀。但是，我是我，我讨厌广播的嘈杂，大腿戏的恶劣与霓虹灯爵士乐的刺目灼耳。"

去美国的前几年，老舍曾写过一篇名为《牺牲》的讽刺小说，主人公是美国回来的毛博士。这位毛博士没有社会理想和社会责任感，他心中只有自己的感官享受，他带回的美国理想不是自由、民主和科学，而是

"家中必须有澡盆，出门必坐汽车，到处有电影院，男人都有女人，冬天屋里的温度在七十以上，女人们好看，客厅里有地毯"。

老舍回国后还在话剧《人民代表》中塑造了一个美国哥伦比亚大学的博士秦大辛，他是个洋奴和败家子，比毛博士还不如，既没有事业心也没有责任感，在美国只学了一身坏习气，是个没用的花花公子。

在他的作品中，美国是享乐主义、利己主义的温床和沃土。至少在生活方式上与他格格不入。

老舍的年轻时代，曾在英国伦敦担任过五年教师。老舍不是一个狭隘的民族主义者。对西方强国，他主要是看它们的长处，寻找强盛的根源和成功的秘诀，以为民族振兴的借鉴。他在《二马》中通过人物之口这样看待英国的强大："最可耻的事是光摇旗呐喊，不干真事……英国的强大，大半是因为英国人不呐喊，而是低着头死干！"又说："帝国主义不是瞎吹的！……他们不专在军事上霸道，他们的知识也真高！……英国人厉害，同时也多么可佩服呢！"

可是在美国，他对西方的态度却发生了转折。就像他回国后在一次聚会上说："美国人搞文化，就跟做生意差不多，一本书出版，先得在各方面大做广告，明星也能代你吹一通，戏院、药店……都得有些小广告，加上广播那才成。否则什么书都别想卖。"

这种视角的转变，在某种程度上与当时的政治环境密切相关。

老舍赴美后，中国即陷入国共内战。而美国迅速介入，支持蒋介石政府，这更让老舍产生了对美国的不满和愤怒。曹禺后来回忆，某次，他们与美国朋友聚会，面对着众多来客，主人忽然问起："现在美国如何可以帮助中国？"老舍直截了当答道："你们政府帮助我们最好的办法，就是立刻撤军回国。"然后，他本人神色严肃，再不说话了。

1947 年初，乔志高与老舍会同几位朋友在纽约 125 街一家小饭馆"上海楼"聚会。寒暄几句后，"他（老舍）忽然针对当天报上的消息，把正在中国进行实地调查的魏德迈将军严厉地批评了几句"。乔志高说，"这是他很少同我谈到政治问题的一次。"魏德迈曾任驻华美军总司令，1947 年 7—8 月，美国总统杜鲁门派遣魏德迈为特使，率使团来华"调查"，要在国民党政府崩溃的前夜，急谋挽救危局的办法。显然，老舍对美国此时的"调停"十分不满。

写作与翻译

1946 年底，曹禺结束访问按计划回国。老舍则继续留下来，完成《四世同堂》第三部的写作。这部小说是他在出国前已经规划好的，前两部《惶惑》和《偷生》都已经出版。分手前，老舍十分难过，他默默地帮曹禺整理行装，送曹禺上车，摇着手一直看他远去。

此后，老舍也由公开的社会活动，转为以个人创作、翻译为主。在赛珍珠介绍下，美国出版人大卫·劳埃得成为老舍的版权代理人。在美国，他是与老舍联系密切的人，直到老舍回国，他们仍有频繁的书信往来和版税汇寄，一直持续到 1952 年。

在美国第一年，他们的生活费用由美国政府提供。但美国国务院的津贴不过一年，从第二年起至 1949 年秋离开美国止，老舍的生活即主要凭《骆驼祥子》英译本的版税及其他一些小说译本的零星版税借以维持。美国膳宿费用昂贵，而版税是有限的，在其后长达两年半时间内，老舍孤悬异国，除埋头著译外再无其他收入来源。

老舍在美国挣版税、"拿美金"的事情，在"文革"期间成为他的一大"罪证"。从经济角度看，美国的商业化并没有给老舍带来多少收益，虽然《骆驼祥子》成为畅销书，但大部分利润由伊凡·金拿走了。"文革"后，费正清的妻子费慰梅女士曾受邀来北京参加国庆典礼，她专门去看望了老舍妻子胡絜青，还向胡絜青提及原作者在美所得的稿酬，比起英译者所得巨款，实在微不足道。后来老舍还有其他作品在美出版，但随着朝鲜战争爆发，中美邦交中断，他应得的版税，"简直一无所得"。因此，当年上海有人散布谣言，说老舍净赚了许多美元，在美国过着优哉游哉的日子，这使他十分气愤。

曹禺走后，老舍在纽约24大道83西街118号租了两间公寓房，一边埋头苦写，一边关注着国内局势，过着既紧张又十分孤单的生活。

在给楼适夷的信中，老舍透露了自己在美国的创作情况："今年，剩下我一个人，打不起精神再去乱跑，于是就闷坐斗室，天天多吧少吧写一点——《四世同堂》的第三部。""……没有诗兴与文思，写了半年多，《四世》的三部只成了十万字！这是地道受洋罪！"

从老舍和朋友往来的信件推断，1947 年第二季度至 1948 年底，老舍完成了《四世同堂》第三部的写作。这是他生命中最长的一部小说，长约百万字，共分 100 段。老舍对这部小说还是比较满意的，他曾经说过："我自己非常喜欢这部小说，因为它是我从事写作以来最长的，可能也是最好的一本。"

1948 年 3 月，老舍计划回国，但因《骆驼祥子》摄制电影的关系，经美国务院核准又续居了半年。当时，中国籍的好莱坞摄影师黄宗霑等人组织了制片公司，计划把《骆驼祥子》搬上银幕，要把它拍成一部富有民族风格的影片。老舍表示愿意以优惠条件给他改编拍摄权。黄宗霑特地从好莱坞回到香港、广州，还准备了一个到北平拍摄外景的计划，但由于内部分歧加上中国战事的影响，影片终于未能拍成。

其后，老舍又应美国出版家之请，协助艾达·普鲁伊特（Ida Pruitt）女士将《四世同堂》译成英文，普鲁伊特的中文名字是普爱德，出于商业考虑，美国出版商要求不出全本而是出缩译本，取名为《黄色风暴》。老舍特地请国内合作伙伴赵家璧先生，用航空快件将《四世同堂》的前两部邮寄到了纽约。

《饥荒》的写作完成后，1948年下半年，老舍又开始了另一部长篇小说的写作——《鼓书艺人》。在老舍众多作品中，这部小说名气不大，但地位十分重要，体现了他在转折时代的思想变迁。

与老舍塑造的众多形象有相似之处，故事的主人公方宝庆和他的养女方秀莲，是旧时代下层艺人的代表，"他们是人生大舞台上，受人拨弄的木偶"。他们逃难到重庆，既面临着侵略者的压迫，又时刻遭受着地痞恶霸、军阀、官僚、特务的压榨，凄苦无告。另一方面，他们则给自己也戴上了精神枷锁，"贱业"就像鬼魂缠身。但老舍并没给"苦人"安排"祥子"一般的命运，没有让他们像"个人主义的末路鬼"那般死去。他把时代潮流写进了小说——方宝庆父女开始了觉醒和反抗，他们意识到应该尊重自己和别人，把人当人，要成为一个"新人"，不该世代永远被欺侮。他们明白了新道理，接受了新思想，因而产生了新的渴望和追求。老舍还在书中塑造了革命者——孟良，他帮助方家父女找到反抗与觉醒的意义。

小说的最后，抗战胜利，孟良和方宝庆重逢在滔滔长江之畔。孟良指着大江，饱含深意地说："看这条江水里……有的鱼就知道躲在石头缝里，永远一动也不动"，"您的行为总是跟着潮流走"，"您跟她（秀莲）都卷入了漩涡"。

这些话也是老舍对自己说的。大江东去，前途未卜，虽然难免迷茫，但一个新时代毕竟要来了。老舍以一段京韵大鼓词作为小说的结尾——"长江后浪推前浪，一代新人换旧人。"待停笔时已是1949年初，老舍的故乡北平刚刚和平解放。

写作完成后，老舍再度与郭镜秋合作将《鼓书艺人》翻译成了英文，1952年由纽约的哈各脱·勃莱斯出版公司出版。这本书在美国获得了很高的评价，《旧金山新闻》上一篇书评将老舍与托尔斯泰相提并论：

老舍的成就，也许已达到像托尔斯泰那样伟大小说家的地位。在今天还健在的小说家中，在托尔斯泰那样的传统方面，老舍已远远地超过他们，正像托尔斯泰是永生的那样，几个世纪后，老舍的作品也会传颂于世。

《四世同堂》的第三部《饥荒》与《鼓书艺人》，是老舍在特殊时期、特殊地点完成的作品。它们的命运都十分曲折。《饥荒》后来在国内发表时故意删除了后13段，而原稿又由于政治运动散失。直到1982年，那13段才由马小弥由英文转译回中文。而《鼓书艺人》，则似乎被老舍故意"遗忘"了，就像他不愿再提及美国的经历，对美国只有抨击和控诉。这部小说的底稿也不翼而飞，似乎老舍并没有将其带回国。直到1980年，再次由马小弥将其从英文转译回来。

向 左 转

1946年，老舍因一次关于"原子弹"的谈话在国内知识分子中引起了一阵风波，将自己推到了风口浪尖上。叶圣陶在这一年 11 月 6 日的日记中记录了当时情况：

> 上午梅林来谈老舍事。老舍到美国后，美国通讯社曾发简短消息，谓老舍曾在某一会中发言，美国应保持原子弹秘密，以与苏联折冲云云。上海友人见此，颇不满于老舍，沫若、雁冰、田汉皆尝为文论此事。

从叶圣陶的日记看，老舍似乎表态支持美国而反对苏联。于是，当时左翼文坛的领袖郭沫若、茅盾都针对老舍写了批评文章，这些文章传到了美国，令老舍不安。叶圣陶还在日记中说，老舍认为"文协"老朋友们不了解实际情况便横加指摘，令他很伤心。于是，老舍给叶圣陶、郑振铎和梅林都写了信，请求辞去"文协"理事职务，并退还此前"文协"资助他的药费。但在信中，老舍并没有解释关于"原子弹事件"的发言，只是说"到美后未公开演说"。

老舍当时"不愿声辩"，"自信谣传终必不攻自破"。

直到 1983 年，曹禺在接受记者采访时才做了澄清。曹禺回忆，当时他们应邀参加一个关于原子能的科学会议，会上老舍被问道："应不应该将原子秘密向苏联公开？""老舍因反对扩散原子武器屠杀人民，所以回答说不应将原子秘密告诉苏联。"

老舍是个和平主义者，一向反对战争，自然反对核武器扩散。出国前，他在一篇题为《和平》的短文中写道：

> 原子弹！假若它只为杀人用的，难道人类，多么聪明的人类，是要用自己的聪明毁灭了自己么？那才是最大的悲剧！
>
> 和平，和平应当是人与人之间的永久契约。在和平之中，大家去继续研究科学，把自相残杀的武器变成抵御大自然的威胁与危害的利器，我们才可以不同归于尽。

老舍在美国的三年多时间，国内正在上演两条道路、两种命运的决战。他不可能不关注国内政局。1947年 10 月 9 日，老舍与挚友冯玉祥将军在纽约相逢，其时冯先生正借口考察水利，在美国积极开展活动，促使美国停止援助蒋介石。那晚上，老舍买了水果到旅馆看冯玉祥，并带他到一家北方饭馆共进晚餐。老舍提到，美国最近出了一本新书，名叫《希特勒的下场》，描述了希特勒当年败局已定、身陷重围时，像疯子似的抓人杀人，如今蒋介石正与当年希特勒一样，已是人所共愤。冯玉祥深有同感，在次日举行的记者招待会上，便将蒋介石称为"希特勒第二"。

在美国滞留期间，老舍越来越多地批评美国和国民党，与冯玉祥会面时，他的政治倾向就已经非常明确了。

在美国，老舍与左翼作家有很深的交往，其中包括史沫特莱和斯诺。新中国成立后，斯诺每次来中国，都会去老舍位于灯市口的"丹柿小院"做客。

在与国内联系中，也以左翼知识分子和共产党人居多。据粗略统计，当时曾与老舍互通音信的有曹禺、吴祖光、臧克家、楼适夷、夏衍、冯乃超、郭沫若、茅盾、丁玲、萧三等人。在国内各报刊关于老舍在美的报道十分鲜见的情况下，香港《华商报》副刊"热风""茶亭"于 1947 年 11 月、1949 年 2 月，分别以"海外书简""作家书简"为题，刊载了老舍自纽约发给国内"××兄"的两封信。

这位"××兄"，就是楼适夷。他是老舍在《抗战文艺》的老战友，战后由中共派驻香港主办《小说月刊》。而《华商报》则是中国共产党广东地下组织在香港的机关报刊，是党在南方的宣传据点。信中，老舍详述了自己在美国的思想、情绪和境遇，后一封信，更直接地对为什么还未回国的原因做了恳切的说明。

另一方面，老舍对归附于国民政府的知识分子则表现出强烈不满。乔志高回忆，老舍在纽约时，他曾带老舍去拜访哥伦比亚大学教授、著名翻译家王际真。王际真和胡适都是哥伦比亚大学校友，交往较多，他向老舍说起："战后国内文化界大概仍然是推胡先生为领导人物吧。""老舍听了脸色登时一变，表示大不以为然。"

在美国，老舍放弃他的自由主义文学观，开始转向文学的功利主义。即文学要走向大众，文学要为现实服务，甚至文学要放弃自身的独立性，为政治服务。

1946 年 6 月 24 日，老舍在美国科罗拉多州做了题为《中国作家之路》的讲演。他谈道：

> 中国人已放弃为艺术而艺术之观念。
>
> 形式之美丽与完善，对于吾人，远不及民族与社会福利之重要，吾人若果能凭借吾人之写作，为邻人扑灭火灾，则吾人将较之获得诺贝尔奖金，更觉满足。

一个月后，老舍用英文写成《现代中国小说》一文，发表在留美中国学生战时学术计划委员会的刊物（即《国家重建季刊》）上。在文章的最后一部分，老舍谈道，抗日战争改变了中国作家和大众的关系，即作家们开始深入群众，向老百姓学习，认识到群众身上的"正直、刻苦、耐劳、仁慈的美德"。老舍写道："这种到人民去的做法，是一种获得写作源泉的好办法。"

事实上，这种态度已经与毛泽东《在延安文艺座谈会上的讲话》有相通之处了。

抉 择

老舍虽然在政治倾向上已经明确靠近了新政权,但在回国问题上却拖延了几次。一方面,他希望在美国完成自己的写作和翻译计划,履行一个作家的义务;另一方面,则在于他对内战局面的担心。

1948 年他写信给在台湾的老友何容,能看出这种观望与等待中的无奈:

> 美国不高兴留外国人在这里(新颁法令,限制极严),我不肯去强求允许延期回国。但回去吧,又怎样呢?
>
> 英国又约我回"母校"教书,也不易决定去否。英国生活极苦,我怕身体吃不消。但社会秩序比国内好。一切都不易决定,茫茫然如丧家之犬!

中国国民党革命委员会中央主席王昆仑之女王金陵,在《老舍·茅盾·王昆仑》一文中回忆,为避开国民党迫害，王昆仑托辞赴美考察"中等"教育。他于 1948 年初携女儿来到纽约。这一年初秋，得到中共指示，取道欧洲回东北解放区，筹备政协会议。离开前，王昆仑特地去看望老舍，如有可能，便约老舍一道回国。"他说老舍先生的讲学工作尚未结束，而且正忙着在美国出版他的作品。但老舍表示一定回国，到解放区去，只要手头的工作告一段落就走。"也就是说，到 1948 年的下半年，老舍已经明确了回国的愿望。

1949 年，老舍回国的心情愈发强烈了。他的合作翻译者普鲁伊特，后来写信给费正清的夫人，谈起老舍当时的情况："他曾非常苦恼，因为我翻译得'太慢'。他想回家，回到中国去，他为此而焦急。"老舍不得不加快他的翻译工作，白天和郭镜秋在一起翻译《鼓书艺人》，晚上 19 ~ 22 点则和普鲁伊特翻译《四世同堂》。但他的身体又出了问题，坐骨神经痛发作，1949 年 4 月住进医院做了手术。

出院后不久，就在这一年的 6 月，老舍邀请石垣绫子夫妇来寓所吃饭。解放军攻克上海的消息传到美国，他显得异常兴奋。当时，老舍借住在纽约 126 街区，一个贫民区，房间的墙上挂着郭沫若手书殷墟文字的匾额。石垣夫妇进门时，便听见厨房里传来阵阵剁菜的声音，老舍正系着围裙下厨，他从唐人街买来了烧鸭、叉烧、蔬菜和豆腐。石垣绫子后来写道：

> 更令我们惊奇的是，这一天老舍实在精神特别好。初次见面时那种郁郁闷闷的神情烟消云散。他只穿了一件衬衣，两腮红鼓鼓的，声音也带着点劲儿。

老舍对她说："中国共产党完全可以掌握好、治理好全中国……我仍是中国的作家，光在美国写不出什么东西的。不和中国民众共同生活，耳畔消失了华语的乡音，那么我写不出真正的文学作品。"他最后说："中国已经有希望了。我要尽快回到中国去。"

在《天安门——知识分子与中国革命》一书中，历史学家史景迁形象地写道："到了 1949 年，老舍对美国的种种事情越来越恼火，从艾伦·拉德和贝蒂·菲尔德担任主角的影片的剧本，到冰淇淋和可口可乐，他都感到厌烦。"史景迁估计，老舍是在 1949 年秋天做出回国决定的，因为"当时中国共产党的胜利已经无可争议了"。这个判断可能并不准确，从前面很多迹象看，老舍的回国决定还要更早一些。

1949 年 7 月，新中国成立在即。在郭沫若提议下，中华全国第一次文艺工作者代表大会在北京召开。在这次大会上，周恩来提出邀请老舍回国。根据他的意见，由郭沫若、茅盾、周扬、丁玲、阳翰笙、曹禺、田汉、冯雪峰等三十多人写了一封邀请信，经过特殊渠道传递到了老舍手中。老舍后来将这封信带回，特意夹在《鲁迅全集》里，可惜在"文革"抄家时不知所终。周恩来也曾委托曹禺给老舍写信，邀请他回国。也就是说，老舍至少收到了两封国内的邀请信。

据 1940 年代后期负责党在文化界组织工作的冯乃超生前回忆，邀请老舍回国，是中共综合分析了各方面情况后做出的组织决定。

与此同时，台湾方面邀请他去台湾的信息也通过他的老朋友吴延环到了美国。开出的条件，包括工作、房子、接家属同来，都非常优厚。但老舍没有考虑，此后甚至没有再提起过。抗战时期，吴延环是国民党系统的地下工作者，曾将老舍妻子胡絜青和三个孩子从北平接出，帮助他们到达重庆。

老舍最终定下来在1949年10月，由旧金山乘船回国。在回国前，他还专门去拜访了费正清。费氏劝老舍再等一等，看一看。但老舍说："不能等了，我必须立即回去！"可以想见，在1949年的夏秋之际，老舍内心是多么澎湃。

在旧金山等船时，老舍与朋友乔志高又盘桓了几日。临到启程，他的内心又有过忐忑，他就像《鼓书艺人》中顺江东下的方宝庆，准备融入一个新的时代中，但又对未来感到茫然和不安。在美国，他曾对演员王莹说："我过去写坏了《猫城记》，对共产党缺乏认识，真是太遗憾！"《猫城记》是老舍1930年代写成的一部小说，对"革命"和共产主义进行了讽刺。

乔志高回忆，老舍就像其他回大陆的朋友一样，"他们在离美前夕常常情绪不宁，内心似乎有很大的矛盾，而表现出来的却是对美国——美国的生活方式，凡是百物——愈来愈讨厌、鄙夷甚至憎恶。我想不如此恐怕不容易坚强他们回大陆的决心吧"。

　　临行前，老舍告诉乔志高，回国后要实行"三不主义"，即不谈政治，不开会，不演讲。此时的老舍，与石垣绫子回忆中那个一扫阴翳的老舍，仿佛是另外一个人。这种矛盾，恰恰体现出个人在转折时代的复杂心情，因而也便更加真实。

　　10 月 13 日，老舍终于登上了"威尔逊总统"号轮船，转道香港回国。这一年他已经五十岁了。

李叔同：悲欣交集，极致庄严

在老友夏丏尊和学生丰子恺的回忆中，李叔同并非那样不近世情，而是情感激越之人，凡事追求极致。他人生中经历的几番断裂，不外乎这种极致人格的外化：20世纪初弃儒学而入西学，始信文章救国，不若经世。而后归宗于佛学，出家前外赠或销毁视如瑰宝的书籍、字画、折扇等，并于剃度后发誓：非佛书不书，非佛语不语。

1918 年，李叔同在杭州虎跑大慈寺皈依三宝。禅房上贴着四个字："虽存若殁"。"出家纯为了生死大事，妻儿亦均抛弃，何况朋友。"

有学生询问法师："老师出家何为？"李叔同淡淡地说："无所为。"学生再问："忍抛骨肉乎？"他说："人事无常，如暴病而死，欲不抛又安可得？"

在教育家黄炎培的回忆文章中，记述了李叔同与日本妻子诀别的一幕："弘一出家后，夫人追来杭州，终席不发一言，饭罢雇了小船，三人送到船边，叔同从不回头，一桨一桨荡向湖心，连人带船一起埋没湖云深处……叔同夫人大哭而归。"

这是关于弘一法师的最后一抹绮艳景象，相较于其高不可窥的佛学造诣，这是凡俗中人能够理解的感情。后来，这一幕在影视和文学中被无数次唯美演绎，连同一阕《送别》，成为历史上的绝唱。

叶圣陶说，弘一法师是深深尝了世间味，探了艺术之宫的，却回过头来过那种通常以为枯寂的持律念佛的生活，他的态度应该是怎样，他的言论应该是怎样，实在难以悬揣。

对他的怀旧情愫，在他离世多年之后，仍年复一年地延续着。人们试图从他存世不多的黑白相片——那张历历斑痕、清癯而温默的脸孔中，极力解读出某种大慈大悲。半世风流遁入空门，盛极而归于平淡，在李叔同的一生中，他的悲悯与决绝，同样迥异于人，像一个耀眼的谜。

在老友夏丏尊和学生丰子恺的回忆中，李叔同并非那样不近世情，而是情感激越之人，凡事追求极致。他人生中经历的几番断裂，不外乎这种极致人格的外化：20世纪初弃儒学而入西学，始信文章救国，不若经世。而后归宗于佛学，出家前外赠或销毁视如瑰宝的书籍、字画、折扇等，并于剃度后发誓：非佛书不书，非佛语不语。

经历历史的风云动荡，晚年，他将报国热血化作佛学的持戒自尊，将爱国与修佛融合为一。如丰子恺所说，法师决绝、明彻，穷理至臻，"做什么像什么"，才能于情于事，一体贯通。

羁　绊

1924 年，李叔同云游经过上海，来到学生丰子恺家中小住一月，丰子恺请李叔同为自己寓所命名。李叔同叫他在小方纸上写了许多自己喜欢又能相互搭配的字。团成小纸球，撒在释迦牟尼画像前的供桌上，拿两次阄，都拈到"缘"字，于是将寓所命名为"缘缘堂"。

在缘缘堂，丰子恺住楼下，李叔同住楼上，是平生仅有的朝夕相处时光。李叔同不惯点灯，日落而息，他们的谈话总在苍茫的暮色中。丰子恺记得李叔同经常陷入思考，面容沉静，像一只清癯的仙鹤，让他感到一种超于物外的神圣。

出家早年，李叔同持戒苦修，几乎不见客，除了讲经，不多发一言。访者殷勤求告，他以一句"老实念佛"默退。故人来信，他告知邮差"此人他往，原址退回"。

在缘缘堂，丰子恺提议，由他作画，李叔同配诗，合作出版一本《护生画集》，以弘扬佛学和人世间的大仁大爱。李叔同竟慨然允诺，是欲"以艺术作方便，人道主义为宗趣"。丰子恺喜悦莫名。

斯时，作家柔石、曹聚仁等撰文批评"护生"及"慈悲"等概念，在抗战时期"对敌人是不该保留着了"。

李叔同主张，"护生就是护心，救护禽兽鱼虫是手段，倡导仁爱和平是目的。抗日不是鼓励杀生，我们是为护生而抗战"。

十年后，李叔同看到《护生画集》续集后，欣慰地给丰子恺写信："朽人七十岁时，请仁者作护生画第三集，共七十幅；以此类推，百岁时，作第六集，共百幅。护生画功德于此圆满。"

在晚年回忆中，丰子恺把这段际会称为"大因缘"。因李叔同出家时，六艺俱废，这承诺对他是一种破例。

一个月后，师徒分别江海。国家已烽火连绵，李叔同四方宣讲"念佛不忘爱国"。丰子恺亦时时听闻李叔同的讯息，包括更多令他感慨的"破例"。

抗战全面爆发初年，李叔同正闭关，不与外界接触。彼时厦门第一届运动大会邀请他写一首会歌，李叔同认为国难面前，应鼓励国民强健体魄，故欣然应允。时人喜悦，认为此举"非同寻常"。

丰子恺在"文革"中经历屈辱岁月时，唯一的牵念是日日早起，撰《护生画集》，并从中获得心灵的宁静。那时丰子恺是"上海市级十大批斗对象"，这份因缘和托付，给予他"晚年的福气"。

生命的火光渐弱之际，丰子恺意识到，在恶劣的环境下遁入空门的李叔同冷寂的心底，爱国热忱的星火始终没有熄灭。

20 世纪初"劝用国货运动"启端，李叔同从此布袍马褂。丰子恺见老师穿的褂子松垮，就送他一条宽紧带。李叔同坚辞，说不用外国货。出家之后，丰子恺去看老师，见他用麻绳束袜，又买了些宽紧带送他。李叔同又拒绝，丰子恺说："这是国货，我们自己能够造了。"他方才收下。

李叔同曾凭吊韩偓墓庐，嘱高文显作传，他钦佩韩偓遭国破家亡之惨痛却不肯附逆。耿耿孤忠，其志独坚。

他也经常吟诵宋代忠臣韩琦的两句诗："虽惭老圃秋容淡，且看黄花晚节香。"

1937 年 8 月，李叔同在青岛湛山寺写下"殉教"两字横幅，并作题记："曩居南闽净峰，不避乡匪之难；今居东齐湛山，复值倭寇之警。为护佛门而舍身命，大义所在，何可辞耶？"

> 披发佯狂走。莽中原，暮鸦啼彻，几株衰柳。破碎河山谁收拾，零落西风依旧。便惹得离人消瘦。行矣临流重太息，说相思，刻骨双红豆。愁黯黯，浓于酒。
>
> 漾情不断淞波溜。恨年年絮飘萍泊，遮难回首。二十文章惊海内，毕竟空谈何有。听匣底苍龙狂吼。长夜西风眠不得，度群生，那惜心肝剖。是祖国，忍孤负。

剃度前夕，李叔同与丰子恺夜谈，赠予他一幅自撰的诗词手卷，特别指着如上这一阕词，微笑着说："我作这阕词的时候，正是你的年纪。"

那时，青年李叔同激愤于八国联军的铁蹄与漫布中原沃土的鲜血与饿殍，再兼母丧，心灰意冷，毅然出走日本。辞行的时刻，挥笔写下这首《将之日本，留别祖国，并呈同学诸子》。

辞别红尘这年，欧洲新启战端，日本提出"二十一条"，袁世凯称帝，粤桂战争、湘鄂战争、奉直战争暗潮涌动，国内火星欲迸，人心惊惶。李叔同斯时对学生说起这首词，心境可追。

丰子恺在回忆录中叹息，当时年幼无知，竟漠然无动于衷。

奔　波

1942 年，六十二岁的李叔同圆寂之前与一位赵姓好友见面。站在雁荡山的山崖边，山峰浩荡，朋友突然感觉到李叔同眼里有一丝异样的情绪。

赵问："似有所思？"

答："有思。"

问："何所思？"

答："人间事，家中事。"

抗战犹在尾声，人间依旧烽火不息，晚年李叔同希望回天津与年迈的兄长、族亲一叙的愿望亦落空。

"有所思"者为何，已无人知。但早期专攻科举，以学致世，后来钟情艺术，"以美淑世"，再到归为佛子，说出那句著名的"念佛不忘救国，救国必须念佛"……爱国、救国的抱负，贯穿了李叔同一生。这种理想近似于中国古代士大夫的"以佛济儒"，但在私我情感的领域内，他确是完全割断尘缘，以全新之我皈依佛门。如朱光潜所言，李叔同是"以出世的精神做着入世的事业"。这是他的遗世独立，是他的复杂、他的纯真，也是他的佛性。

在《我在西湖出家的经过》一文中，李叔同把出家的原因仅归结于幼年家庭崇佛气氛的影响，对西湖佛教文化的羡慕，以及在同事那里听说了断食的好处，便在假期尝试断食，期间接触了很多佛经，方知名利虚妄，遂抛妻弃子，决然出尘。

梁启超曾说："晚清所谓新学家者，殆无一不与佛学有关系。"儒学在西学冲击之下风雨飘摇，社会组织功能近乎坍塌，无论救国救民，还是安身立命，一些当世知识精英需要寻找一个"栖息的空间"，遂将精神寄托于佛门。

彼时，康有为学佛，曾试图以佛法解释变法；梁启超读佛经，写出著名的《论佛教与政群》：以佛教的智信、兼善、平等、普度众生可救国救民；鲁迅也读佛经，在彷徨中寻找权宜的栖息之处；儒学大师马一浮读佛经，并且弘扬佛法，给李叔同启迪颇深，但他只是在家的居士。

李叔同走了最远的路。

目送李叔同出家的背影，一个学生说："他放弃了安适的生活，抛妻别子，穿破衲，咬菜根，吃苦行头陀的生活，完全是想用律宗的佛教信仰，去唤醒那沉沦于悲惨恶浊的醉梦中的人群——尽管这注定要失败，但我们不能离开时代的背景，离开先生的经历，苛求于他。"

李叔同祖籍浙江嘉兴，生于天津。家族凭借经营盐庄与钱庄生意富甲一方，并与当朝仕宦多有往来。父亲李筱楼 1865 年中头名进士，精研佛学、理学，曾为清末重臣李鸿藻部下。因文名卓著，李筱楼同李鸿章、吴汝伦并称清朝三大才子，与李鸿章交情密切，去世时李鸿章亲临主丧。

兼具商业与政治背景的李家财势显赫。李叔同早年交游者多为显贵，如李鸿章、王文昭、荣禄等风云人物。

名门望族规矩森严。李叔同是家中最受宠爱的幼子，度过优渥而无忧无虑的童年。但随着父亲去世，六岁的李叔同便跌落到一个旧式家族庶子的地位，母亲是使女出身，在冷眼和呼喝中煎熬时日。李叔同心中愤懑却无计可施，虽衣食无忧，终感"低人一等"，十五岁便发出感怀："人生犹似西山月，富贵终如草上霜。"

李叔同的次子李端记得，在母亲房中，一直放有"先父从上海带回来的四个大皮箱"，在白色的箱皮上，除印有"上洋制皮箱"的厂名图记外，还都有"李庶同制"的字样。"庶""叔"同音并用，可见他常以自己是庶出为苦。

大家族的严格庭训，为李叔同打下坚实的学术根底。父亲去世后，李叔同正是开蒙的年龄，每日被兄长拘在书房里，七岁读《千字文》《朱子家训》；十岁读《古文观止》《四书》《说文解字》。他过目成诵的天赋让家族刮目相看，这并没有改变多少母亲的境遇，但在那样的家族环境下，已是母亲唯一的希望所系。当发现李叔同迷上看戏不惜逃学，母亲直接吞下了一包老鼠药，从此他再不敢踏入戏院。

但他狂热地迷恋着戏曲，在诗酒缱绻中获得了一种久违的安宁感，并爱上了天津名伶杨翠喜，为她写下深情文字："痴魂消一捻，愿化穿花蝶；帘外隔花荫，朝朝香梦洁。"然而杨翠喜被袁世凯当作礼物赠予宗室载振，李叔同伤心欲绝之时，承接了一份毫无感情可言的包办婚姻，这是他的另一重枷锁。

官宦家族的政治敏感与生俱来。他曾致力于科举，两度参加县学考试，指望文章立命。在策论"论废八股文兴学论"中，他慷慨陈言："窃思我中国以仁厚之朝，何竟独无一人能体君心而善达君意者乎……"

答卷针砭时弊，却"胆大妄为"，注定名落孙山。

戊戌六君子的鲜血，冲决了最初的政治理想，李叔同一直关注维新变法，每天读报，但年轻的书生终于体会到大时代的翻云覆雨。那一天，李叔同将报纸撕碎，仰天长啸，转身回屋，刻下"南海康梁是吾师"的印章。后来，因为这枚印章，他受到不可测的政治牵连，母子二人避走上海。

在上海滩，李叔同加入城南文社，与才子名流交游，短短几年便蜚声书画诗文界。这似乎是意气风发的一段日子，他依旧纵情声色，结交名妓。但烽火硝烟，生灵涂炭的警醒，使李叔同终究难安于城南文社的一隅桃源。与友人的通信中，李叔同陷入矛盾，流露反思和忏悔之意，想挣脱"花丛争逐"的世界。这一时期，母亲的去世，在带给他巨大的痛苦之余，也扯断了最后一丝留恋和犹疑。送母亲灵柩回天津之后，李叔同远渡日本，学习艺术。留日期间，李叔同诗、画、戏、乐的水准几近精绝，被誉为天才，其后回国任教。几经辗转，最终在点缀着古寺佛钟的杭州西湖畔安顿下来，这仿佛是一种默契和缘分。

很多人认为，母丧是李叔同"看破一层世相"的开端，那年他二十六岁。李叔同与母亲曾在大家族的屈辱与冷漠中相依为命，母亲死后，他数次在与友人的谈话中断言"幸福时期已经没有了"。此外，佛家有例，父母不允，不可出家，但对妻儿并无此说。从这个意义上说，母亲的离世，是把李叔同推离红尘的一种力。

冷暖交迭的少年际遇，把李叔同的性格打磨得孤独而敏感。他喜欢独处，相知者寥寥。他的诗作情感浓烈，遁入空门后仍然如此；看戏会沉浸至流泪，偏爱悲剧角色，演戏时"神在骨子里"；他仿佛一生都在摇曳，上海滩、东洋、杭州……在春柳社演话剧时，听到争议便觉灰心，不愿登台；回国后任职《太平洋报》，不多时报馆就关门；之后辗转各地教书……李叔同被各种力量推来撞去，仿佛随遇而安，直到他断然选择出家。

异于人者

学生丰子恺从照片上见识过老师上海时期的形貌：丝绒碗帽，正中缀一方美玉，曲襟背心，花缎袍子，后面挂着许多胖辫子，底下缒带扎脚管，头抬得很高，英俊之气，流露于眉目间……"真是一等一的翩翩公子。"

一脉情根，甚至近于孤僻。譬如李叔同自小爱猫如痴，敬猫如同敬人。去日本留学时还不忘给家里发急电，问自己养的猫是否平安。

在致学生刘质平的信中，李叔同说："不佞以世寿不永，又以无始以来，罪业之深，故不得不赶紧修行……世味日淡，职务多荒，必外贻旷职之讥，内受疚心之苦……"似说灵魂苦闷，别无出路。

出家之前，李叔同在《题陈师曾画"荷花小幅"》中已流露出缘起之念：

　　一花一叶，孤芳致洁。
　　昏波不染，成就慧业。

然而，李叔同性格的底色中，始终有一种超绝凡人、不入尘网的特质。

夏丏尊与李叔同是挚友，两人在浙江两级师范学校为同事，夏丏尊担任舍监。一次，学生宿舍失窃，夏丏尊疑是某人所为，苦于没有证据，自觉管理不力，日夜焦灼，求教于李叔同。

李叔同给出的解决方式是：

"你若出一张布告，说做贼者速来自首，如三日内无自首者，足见舍监诚信未孚，誓一死以殉教育。果能这样，一定可以感动人，一定会有人来自首。——这话须说得诚实，三日后如没有人自首，真非自杀不可。否则便无效力。"

夏丏尊打着哈哈走了，他无论如何做不到，但事后思忖，如果换作李叔同，一定会这么做。而且，微妙的是，如果别人提出这个建议，是一种冒犯，但李叔同这么说，就和他这个人浑然一体，全出于诚敬，仿佛信手拈来的寻常之事。

李叔同做事极致认真，一言一行仪式感分明，长期力行，夏丏尊认为，这使他拥有一种绝对的"对人的感化力"。

在朋友欧阳予倩的笔下，李叔同做人没有一丝圆融：

自从他演过《茶花女》以后，有许多人以为他是个很风流蕴藉有趣的人，谁知他的脾气，却是异常的孤僻。有一次他约我早晨八点钟去看他……他住在上野不忍池畔，相隔很远，总不免赶电车有些个耽误。及至我到了他那里，名片递进去，不多时，他开开楼窗，对我说："我和你约的是八点钟，可是你已经过了五分钟，我现在没有工夫了，我们改天再约罢。"说完他便一点头，关起窗门进去了。我知道他的脾气，只好回头就走。

但在许多朋友的回忆里，李叔同的孤介性格并未造成人际障碍，按照丰子恺的说法，这是一种迥异常人的能量，大致来源于待人待己一体规范，毫厘不差。同卓异的才华一道，这使他成为当届教员中"最权威者"：

摇过预备铃，我们走向音乐教室，推进门去，先吃一惊：李先生早已端坐在讲台上。以为先生总要迟到而嘴里随便唱着、喊着，或笑着、骂着而推进门去的同学，吃惊更是不小。他们的唱声、喊声、笑声、骂声以门槛为界限而忽然消灭。接着是低着头，红着脸，去端坐在自己的位子里；端坐在自己的位子里偷偷地仰起头来看看，看见李先生的高高的瘦削的上半身穿着整洁的黑布马褂，露出在讲桌上，宽广得可以走马的前额，细长的凤眼，隆正的鼻梁，形成威严的表情。扁平而阔的嘴唇两端常有深涡，显示和爱的表情。这副相貌，用"温而厉"三个字来描写，大概差不多了。

有个日籍教师本田利实，性子孤傲，只"畏惧"李叔同。有次因他人索字，去李叔同办公室取笔墨，动笔之前，特别安排人望风，说一旦李叔同回来就得马上通知他，因为"李先生德艺双馨，无人能及，连日语也说得那么漂亮，真是了不起，他的办公室我不敢擅入，笔墨也不敢擅用"。

李叔同在浙江省立第一师范学校当教师时，卧室外面有个信插，他不在的时候，信件放在信插里。一天晚上，他已经睡了，收发员来敲门，说有电报，李叔同在里面回说："把它搁在信插里。"到第二天早上，他才开房门取阅。有人问他："打电报来总有紧急事情，为什么不当晚就拆看呢？"李叔同说："已经睡了，无论怎么紧急的事情，总归要明天才能办了，何必急呢！"

刘质平在跟随李叔同学习音乐后，创作了第一首曲子，找李叔同指点。李叔同沉默不语，惘然神思。忽然开口说道："今晚 8 时 35 分到音乐教室来，有话要讲。"冬寒凛冽，刘质平来到教室外时，室门紧闭，里面无声无息，走廊上却已有了脚印。刘质平随即站在廊前，在风雪中垂手等候。

十分钟后，教室里忽然灯火通明，门声一响，李叔同踱步而出，轻声说道："你已经赴约，且又尝到风雪的滋味，可以回去了。"

担任教员的时候，学生们在学校里很少见到李叔同的面。到上课时，他总是挟了书本去上课，下课直接回到房间。走路很迅速，不左右顾盼。冬天衣服穿得很少，床上被子也很薄，严冬并不生火。可以说，李叔同彼时的生活状况，已经和"苦行僧"相距不远了。

李叔同的学生吴梦非说："弘一师的诲人，少说话，主行'不言之教'，凡受过他的教诲的人，大概都可以感到。虽然平时十分顽皮的，一见了他，或一入了他的教室，便自然而然地恭敬起来。"

极致认真的性情，在李叔同的人际交往中，形化为对原则的极度苛求，近乎"不近人情"，后来也被许多人解读为"佛性"。

李叔同出家时曾向寂山法师坦承："……弟子在家时，实是一个书呆子，未曾用意于世故人情，故一言一动与常人大异。"

入世与出世

"少年时做公子，像个翩翩公子；中年时做名士，像个名士；做话剧，像个演员；学油画，像个美术家；学钢琴，像个音乐家；办报刊，像个编者；当教员，像个老师；做和尚，像个高僧。"这是丰子恺对李叔同生平的勾勒。

"做就要做到极致"贯穿了李叔同一生中许多个"第一"：主编中国第一本音乐刊物《音乐小杂志》；首创中国报纸广告画；最早编著《西方美术史》；最早创作和倡导中国现代木版画艺术；最早介绍西洋乐器……李叔同的孙女李莉娟现专事弘一法师作品研究，她认为，正是这种对极致的追求，促成了祖父的出家。

入空门后，李叔同每日早睡，黎明即起，冷水擦身，但凡染病，从不经意。他患病在床，有人前往问候，他说："你不要问我病好了没有，你要问我佛念了没有。"

他常言："庵门常掩，勿忘世上苦人多。僧人必须比俗中人守持更高的道德标准，方能度人。"

在佛教八万四千法门里，李叔同选择了最苦的律宗。他自认为罪孽深重，非酷戒不足以灭障；持律严格，一动一念皆谨慎。一次，丰子恺给他寄一卷宣纸，请书佛号。宣纸有余，法师便去信问多余宣纸如何处置？因宣纸既非自己所有，如何处理需过问物主，李叔同视为当然。另有一次，丰子恺寄邮票给李叔同，因多了几分，李叔同便寄还丰子恺。

南山律宗自南宋之后就失去了真传。弘一法师以半生之力，对律藏进行整理、编修，并携带南山律学三大部的内容云游讲道，使失传几百年的律宗得以再度发扬，是为律宗第十一代世祖。

每到一处，李叔同必定先立三约：一、不为人师；二、不开欢迎会；三、不登报吹嘘。他日食一餐，过午不食。素菜之中，他不吃菜心、冬笋、香菇，理由是它们的价格比其他素菜要贵几倍。

一次，在西湖边的素菜馆里，杭州一名士邀请李叔同赴宴，陪客到齐已一点钟。众人饥肠辘辘，相继开吃，忽见李叔同在碗筷前端坐，庄严不动。问之即曰："我是奉律宗的，过午不食，各位居士自便。"

郁达夫说，"现在中国的法师，严守戒律，注意于'行'，就是注意于'律'的和尚，从我所认识的许多出家人中间算起来，总要推弘一大师为第一。"

如此精修，以风流才子"无端出世"，故友柳亚子亦从未表示过理解，甚至认为"不可理喻"，使中国文艺蒙受不可估量的损失。

在浙江第一师范，李叔同出家引起的争议极大，校长经亨颐担心干扰学生情绪，在浙一师新生大会上训话，以"李先生'事诚可敬，行不可法'"为辞告诫学生。

在纷扰的猜测中，丰子恺的"物质—精神—灵魂"的"三层楼"说，被公认为最接近李叔同出家的原因：

我以为人的生活，可以分作三层：一是物质生活，二是精神生活，三是灵魂生活。弘一法师的"人生欲"非常之强。他的做人，一定要做得彻底。他早年对母尽孝，对妻子尽爱，安住在第一层楼中。中年专心研究艺术，发挥多方面的天才，便是迁居在二层楼了。强大的"人生欲"不能使他满足于二层楼，于是爬上三层楼去，做和尚，修净土，研戒律，这是当然的事，毫不足怪的。

李叔同曾在弥留之际对妙莲法师说："你在为我助念时，看到我眼里流泪，这不是留恋人间，或挂念亲人，而是在回忆我一生的憾事。"并留下"悲欣交集"四字临终绝笔。

何为悲欣，解读纷纭。上海音乐学院教授钱仁康认为，"悲"即悲悯众生的苦恼，"欣"则是欣幸自身得到解脱；大空法师则认为，"悲"为悲众生之沉溺生死，悲娑婆之八苦交煎，悲世界之大劫未已，悲法门之戒乘俱衰，悲有情之愚慢而难化，悲佛恩之深重而广大；

"欣"则欲求极乐，欣得往生，欣见弥陀而圆成佛道，欣生净土而化度十方。

1942年，弘一法师圆寂于泉州不二祠温陵养老院晚晴室。圆寂前再三叮嘱弟子他的遗体装龛时，在龛的四只脚下各垫上一个碗，碗中装水，以免蚂蚁虫子爬上遗体后在火化时被无辜烧死。灵骸封藏后，遵照法师遗嘱，送开元、承天两寺供养，后由妙莲法师奉归开元寺的禅房内。遗骸之中有舍利子一千八百余颗。

千秋功罪罗家伦

王开林

　　罗家伦一派诗人光风霁月的性情和士大夫休休有容的涵养，勇于公战而怯于私斗，根本不是做政客的料，却偏偏混迹于政客圈中，日日与之周旋，那种"业务荒疏"的窘态和处处吃瘪的情形就可想而知了。这位五四健将在宦海中呛水的时候，更希望回到大学校园，那里才是他安身立命的地方。

　　长期以来，在海峡两岸，罗家伦均被明显低估，甚至被刻意丑化——有的评者贬损他是名不副实的庸才，有的讥诮他是夤缘附骥的政客。若以事实权衡，则前者的评价太低，后者的评价太酷。

　　历史学家陈寅恪治学谨严，论人素不轻许，王国维、刘文典、傅斯年能够得到他的推重，是再正常不过的事情，罗家伦居然也能入先生的法眼，就有些令人意外了。罗家伦身上最醒目的标签莫过于"五四健将"，他与政党政治有一种剪不断、理还乱的关系，并非潜心于典籍、致力于学问的纯粹学者。陈寅恪高看罗家伦又为哪般？罗有相当不俗的行政能力，尤其在改革清华这方面，称赞他一句"筚路蓝缕，以启山林"，是不会错的。罗快刀斩乱麻，将清华留美学校升格为国立清华大学，改变其长达二十年的运转机制，在保持文理科高水准的前提下，加强工科，成绩相当好。陈寅恪曾向毛子水夸赞罗家伦："志希（罗家伦字志希——作者注）在清华，使清华正式地成为一座国立大学，功德是很高的。即使不论这点，像志希这样的校长，在清华也可说是前无古人，后无来者。"

"五四健将"：一举成名天下知

罗家伦报考北大，文学院院长胡适给他的作文打了满分，称赞他为"有文学才华的考生"。招生委员会负责人蔡元培也点头赞可。然而他们检视罗家伦其他科目的成绩，立刻傻了眼：数学居然是零分，历史、地理两科也乏善可陈。大家面面相觑，最终由校长蔡元培果断拍板，破格录取罗家伦。倘若换在另一时空，罗家伦就注定做不成"红楼梦"了（**北大的旧址在沙滩，红楼是其主体建筑**）。

在北大，罗家伦与傅斯年齐名。他们与顾颉刚牵头组织新潮社，创办《新潮》月刊，与《新青年》互为犄角，旌鼓相应，成为新文化运动的两个桥头堡。

五四学潮的迅速发动，罗家伦与傅斯年分担的角色各不相同。傅斯年是掌旗人，上马杀敌。罗家伦是操觚手，下马草檄。白话文的《北京学界全体宣言》神完气足，罗家伦一挥而就。那年，他还未满二十二岁。

> 现在日本在国际和会上，要求并吞青岛，管理山东一切权利，就要成功了。他们的外交，大胜利了。我们的外交大失败了。山东大势一去，就是破坏中国的领土。中国的领土破坏，中国就要亡了。所以我们学界，今天排队到各公使馆去，要求各国出来维持公理，务望全国农工商各界，一律起来，设法开国民大会，外争主权，内惩国贼。中国存亡，在此一举。今与全国同胞立下两个信条：
>
> （一）中国的土地，可以征服，而不可以断送。
>
> （二）中国的人民，可以杀戮，而不可以低头。
>
> 国亡了，同胞起来呀！

这篇宣言只有寥寥二百字，意义周全，且气魄雄壮，爱国者读之无不热血沸腾。罗家伦一举成名天下知，"五四健将"的美誉使他终身受益。天下多少皓首穷经、著作等身的老夫子，著述数百万言，其重量反而比不上这区区二百多字。时哉命也，历史自有其选才眼光和颁奖方式。

1919 年 5 月 4 日，北京高校学生组成游行队伍，冲击东交民巷，火烧赵家楼，打伤章宗祥，二十三名学生被捕。在纷纷乱局中，谣言四起，有人怀疑罗家伦和傅斯年去安福俱乐部赴宴，已被段祺瑞执政府收买，于是嘲骂罗家伦的漫画和打油诗一齐出笼，打油诗带有极鲜明的人身攻击色彩："一身猪狗熊，两眼官势财，三字吹拍骗，四维礼义廉。"内讧当然是致命的，若不是胡适及时出面，力保傅、罗二人清白无辜，此事还真不知道会闹成什么样子才能收场。由此可见，学生运动总是暗流潜涌。

当时，北京各高校学生代表决定于 5 月 7 日国耻日实行总罢课。北洋政府深恐事态愈加失控，遂与京城各大学校长达成协议，学生若肯取消罢课之举，则警局立刻放人。大学校长们认为救人要紧，学生代表们却不肯妥协。在这个紧要关头，罗家伦力排众议，赞成复课，以换取被捕同学的安全归校。应该说，他做出了理性的选择，当时的优选方案莫过于此。嗣后蔡元培辞职，北京学运再次发动，很快波及全国，仿佛一场大地震后余震不断。

罗家伦认为，"青年做事往往有一鼓作气再衰三竭之势"。诚然，青年学生一旦由求实转为求名，尤其是"尝到了权力的滋味"（蔡元培的说法）后，一败涂地的结局就将无可避免。由于五四学潮，北大被打上了鲜明的政治印记，此后数十年，北大的学术空气逐渐为政治空气所激荡，相对健全的个人主义日益式微，思想解放的主命题竟只能叨陪末席。从这个角度看，罗家伦被列入"五四健将"的方阵，未始不是戴上了黄金打造的枷锁。

究竟是谁抹平了五四学潮与五四运动之间的模糊差距？答案很明确，是罗家伦。1919 年 5 月 26 日，《每周评论》第 23 期"山东问题"栏内，发表了署名为毅（罗家伦的笔名）的短文《五四运动的精神》，罗家伦指出，此番学运有三种真精神，可以关系到中华民族的存亡：第一，学生牺牲的精神；第二，社会制裁的精神；第三，民族自决的精神。五四运动的概念从此确立不拔。

驱逐辜鸿铭的始作俑者

五四时期，罗家伦还干了一件鲜为人知的大事，这与辜鸿铭被北大辞退有直接关联。

当年，辜鸿铭在北大讲授英文诗歌，为了引起弟子们的兴趣，他把英文诗划分为"外国大雅""外国小雅""外国国风""洋离骚"，罗家伦屡屡"在教室里想笑而不敢笑"，实则他对此是很有些腹诽的。罗晚年回忆辜鸿铭，赞许"辫子先生"是"无疑义的""有天才的文学家"，自承每每读其长于讽刺的英文，必拍案叫绝。然而迟到的佩服并不能将他们当年的私怨一笔勾销。据张友鸾的回忆文章《辜鸿铭骂罗家伦WPT》所记，辜辫怪素来看思想新潮的罗家伦不顺眼，后者的英文底子不够扎实，辜鸿铭就经常在课堂上故意用刁钻的问题为难他，罗家伦不是答非所问，就是丈二和尚摸不着头脑，既苦恼，又尴尬。辜鸿铭当众责备罗家伦，话语尖酸刻薄，罗家伦若顶嘴，辜鸿铭就圆瞪着双眼吼道："罗家伦！不准你再说话！如果再说，你就是WPT！"罗家伦直纳闷，WPT是什么？他去请教胡适，胡博士挠挠头，也拿不出标准答案来。解铃还须系铃人，罗家伦就在课堂上请教辜鸿铭："WPT是哪句话的缩写？出在哪部书上？"辜鸿铭翻了翻白眼，鼻孔里一声冷哼："你连这个都不知道吗？WPT，就是王—八—蛋！"此言一出，众人绝倒。罗家伦少年得志，何曾遭逢过这样的奇耻大辱？他与辜鸿铭水火难容，此仇迟早要报。

正当五四运动在全国范围内如火如荼之时，辜鸿铭在英文报纸《北华正报》上发表文章，詈骂北大学生是暴徒，是野蛮人。罗家伦对辜老怪的言论极为不满，他把报纸带进课堂，当面质问辜鸿铭："辜先生，你从前著的《春秋大义》(又译为《中国人的精神》)我们读了很佩服。你既然讲春秋大义，就应该知道春秋的主张是'内中国而外夷狄'的，你现在在夷狄的报纸上发表文章骂我们中国学生，是何道理？"辜鸿铭素以机智幽默著称，这会儿闻言竟青筋暴起，无言以对。摁了半支烟的工夫，他才把辫子一甩，胡子一吹，起身猛敲讲台，吼道："当年我连袁世凯都不怕，现在还会怕你？"辜老怪这话只说对了一半，他曾骂袁世凯的见识不如北京街头刷马桶的三河县老妈子，显示了挑战强权的姿态，但他在报纸上公然诟骂游行示威的学生是暴徒和野蛮人，则是捅了马蜂窝，虽有咄咄气势，却已落在下风。

1919年5月3日，五四前夕，罗家伦写了一封《罗家伦就当前课业问题给教务长及英文主任的信》，矛头直指辜鸿铭。嗣后他为学生运动奔波忙碌，此信并未寄出。8月8日，他又补写了对英文课和哲学课的两条意见，将信一并寄给教务长马寅初和英文系主任胡适。

5月3日的信内容如下：

教务长/英文主任先生：

　　先生就职以来，对于功课极力整顿，学生是狠（很）佩服的。今学生对于英文门英诗一项功课，有点意见，请先生采纳。学生是英文门二年级的学生，上辜鸿铭先生的课

72

已经一年了。今将一年内辜先生教授的成绩，为先生述之：

（一）每次上课，教不到十分钟的书，甚至于一分钟不教，次次总是鼓吹"君师主义"。他说："西洋有律师同警察，所以贫民不服，要起Bolshevism；中国历来有君主持各人外面的操行，有师管束内里的动机，所以平安。若是要中国平安，非实行'君师主义'不可。"每次上课都有这番话，为人人所听得的。其余鄙俚骂人的话，更不消说了。请问这是本校所要教学生的吗？这是英诗吗？

（二）上课一年，所教的诗只有六首另十几行，课本钞本俱在，可以覆按。因为时间被他骂人骂掉了。这是本校节省学生光阴的办法吗？

（三）西洋诗在近代大放异彩，我们学英国文学的人，自然想知道一点，我们有时问他，他总大骂新诗，以为胡闹。这是本校想我们有健全英文知识的初心吗？

（四）他上课教的时候，只是按字解释，对英诗的精神，一点不说，而且说不出来。总是说：这是"外国大雅"，这是"外国小雅"，这是"外国国风"，这是"外国离骚"，这是"官衣而兼朝衣"的一类话。请问这是教英诗的正道吗？

有以上种种成绩，不但有误学生的时光，并且有误学生的精力……设若有一个参观的人听得了，岂不更贻大学羞吗？学生也知道辜先生在校，可以为本校分谤，但是如青年的时光精力何呢？质直的话，请先生原谅！

8月8日补写的内容如下：

这封信是五月三日上午写好的，次日就有五四运动发生，所以不曾送上。到今日学校基础已定，乃检书呈阅。还有两件事要附带说明：

（一）本年学校将不便更动教授，但英文

门三年级的英诗功课，只有二点钟，可否将辜先生这两点钟减去，让他便宜点儿。这两点钟我和我的同班，渴望主任先生担任。

（二）听说杜威先生下半年在本校教"哲学"同"教育原理"两课。这两课都是对于英文门狠（很）有关系的东西，可否请先生将他改成英文门的选科，让我们多得一点世界大哲学家的教训，那我们更感激不尽了。

这封信是黄兴涛教授近年从北京大学档案馆的旧档案中发掘出来的，案卷号为 BD1919031，有原信的复印件为证，可谓确凿无疑。此事的知情人罗家伦、胡适、马寅初、蒋梦麟、陈大齐生前都讳莫如深，从未提及此事，或许他们也觉得合力将辜鸿铭赶下北大讲台，并不是什么光彩的事情。尤其是胡适，他与辜鸿铭的梁子结在明处，打嘴仗，打笔仗，都耗费元神，是不是他恼羞成怒了，就将自由主义者念念不忘的宽容准则扔到了爪哇国？在五四运动的大背景下，似辜鸿铭这样古色斑斓的人物在北大顿失凭依（蔡元培已南下，蒋梦麟代理校长职务），并不奇怪。罗家伦是驱逐辜鸿铭的始作俑者，这一点，估计辫怪先生至死都蒙在鼓里。现在我们回过头来看这件事，已很难判断罗家伦的行为动机在多大程度上是"公义"使然，多大程度上是"私愤"使然。他晚年对辜鸿铭的评价很高，甚至言过其实，是否心虚使然？

1920年，为了配合"五四"周年纪念，罗家伦在《新潮》二卷四号上发表《一年来我们学生运动的成功失败和将来应取的方针》，作出了深刻的反省，对五四时期的"罢课""三番五次的请愿""一回两回的游街"颇有微词，认为是"无聊的举动"，是"毁坏学者"。他非常懊悔自己参加了学生运动，后来拿定主意"专门研究学问"，去美国留学两年，去欧洲游学四年。

罗家伦功大于过，并非清华罪人

1928年，三十一岁的罗家伦得到大学院院长蔡元培和外交部部长王正廷的提名推荐，带着蒋介石的亲笔手令，于9月中旬"空降"清华，出任校长。到任前，他答复清华学生会代表傅任敢，态度诚恳之至："来办清华，本系牺牲个人之政治地位，自当以全副精神办理清华。"

罗家伦的就职演说题目为"学术独立与新清华"，他将教育方针归纳为"四化"：学术化、民主化、纪律化、军事化。他对清华的设计是："我们的发展，应先以文理为中心，再把文理的成就，滋长其他的部门。"在就职演说中，他还说："我想不出理由，清华的师资设备，不能嘉惠于女生。我更不愿意看见清华的大门，劈面对女生关了！"在罗家伦手里，清华大学终于实现了男女同校，女生入住古色古香的古月堂，垂花门下，风景这边独好。

履新之初，罗家伦先去工字厅拜访陈寅恪，送上他编辑的《科学与玄学》一书，是张君劢与丁文江的笔战实录。陈寅恪翻弄时，灵感拍马赶到，他说："志希，我送你一联何如？"罗家伦求之不得，起身要去琉璃厂购买上好的宣纸，陈寅恪却只肯口授，这副嵌名联戏谑意味十足，上联是"不通家法科学玄学"，下联是"语无伦次中文西文"，横批是"儒将风流"。大家都觉得联语有趣，只是对横批茫然不解，陈寅恪解释道："志希在北伐军中官拜少将，不是儒将吗？你讨了个漂亮的太太，正是风流。"

这就有必要交代一下，罗家伦的太太张维桢曾是沪江大学政治系的校花，才学甚高，他们在五四运动爆发的那年夏天相识相恋，历经八年爱情长跑（*期间两人泛洋留学，聚少离多分分合合*），才结为连理。在抗战期间，张维桢担任过"中国战时儿童保育会"理事（*理事长为宋美龄*），致力于抚育、教养战争孤儿和难童的事业，并且多次以英语演说的方式向外界标举中国妇女的牺牲精神。有人称赞她为"女界楷模"，绝非过誉。

罗家伦当清华掌门人，在"做大做强"方面狠下了一番工夫，"做强"容或有争议，"做大"则是无法否认的事实。1928 年 9 月 13 日，蔡元培致信罗家伦，婉劝后者上任后不要把摊子铺得太开："鄙意清华最好逐渐改为研究院，必不得已而保存大学，亦当以文理两科为限。若遍设各科，不特每年经费不敷开支，而且北平已有较完备之大学，决无需乎复重也。"罗家伦尊重恩师，在这件事情上却独持己见，他上任后把清华的工科提升到了与文、理科同等重要的地位，到梅贻琦任清华校长时，清华的工科成了全国各大学中最好的工科，可谓其来有自。罗家伦凭仗蒋介石的信任，充分利用国务会议中的人脉资源，将清华留美预备学校一举升格为国立清华大学，将清华基金转交给中华教育文化基金董事会代管，摆脱外交部的控制，归属教育部独家管辖。清华每年除了有额定的教育经费到账，还可动用基金40万元，单就经费宽裕而论，当时的国立大学中，清华是天之骄子。

有钱好办事。罗家伦大兴土木，建造全新的图书馆（嗣后他派人购入杭州杨氏丰华堂的大量善本书尤称眼明手快）、生物馆、天文台、大礼堂、学生宿舍、教职员住宅等硬件设施。历史系主任蒋廷黻曾善意地提醒道："我们是在创办一所大学，不是建造一座宫殿。"殊不知，罗家伦心目中有一个"大清华"的轮廓，为此规划宏远。1931年，梅贻琦出任清华大学校长，他之所以能够标榜"所谓大学者，非谓有大楼之谓也，有大师之谓也"，是因为清华大学的大楼已臻完善，无须再事营造。这份劳绩理应算在罗家伦头上，他用不足两年的时间做了别人耗费五年甚至十年都很难办成的事情。

大学好不好，就看明师和名师多不多。罗家伦认为"罗致良好的教师，是大学校长第一个责任"。为了提高清华教授的整体水准，他采取了重发聘书的措施。1928年10月29日送出十八份教授聘书，为期一年。原来清华有五十五名教授，这就等于解聘了其中的三十七人。最难办的是解聘某些外籍教师，有人担心会因此引起国际干涉，罗家伦则认为，只要师出有名，就能排除各方面的阻力。一位荷兰籍的音乐教授教女生弹钢琴，有失礼行为，罗家伦当即将他解聘，然后写信给荷兰公使，详述缘由，此事做得妥帖，什么风波也没发生。革除故弊，补充新血，罗家伦延揽了一大批学有专长的著名教授，如历史学家蒋廷黻，政治学家张奚若、萧公权，哲学家冯友兰，文学家朱自清，化学家张子高等，多达数十人。这些高手陆续到校任教，壮大了教员阵容。刘备三顾茅庐，成为千古佳话，罗家伦罗致文科人才，也有过堪称经典的表现。美国哥伦比亚大学博士、历史学家蒋廷黻是南开大学的台柱子，罗家伦要强行挖走这棵"大树"，聘他为历史系主任，应该说希望渺茫。张伯苍校长固然不肯放人，蒋廷黻碍于情面，也不宜改换门庭。但罗家伦坐功好、耐力强，他说："蒋先生若是不肯去清华任教，我就只好坐在你家客厅中不走了！"蒋廷黻吃不消，只好点头。十余年后，罗家伦在贵阳清华同学会的演讲中提到这一点时还特别得意，他说："我心里最满意的乃是我手上组织成功的教学集团。"诚然，在 20 世纪 30 年代，清华鼎盛时期的名教授中许多是由罗家伦聘请来的。

清华大学能够吸引国内的一流教授，尤其是那些想潜心做学问的教授，原因是多方面的：一是校园宁静优雅，非常宜居；二是教员有法定的假期，旅费由学校提供；三是教员上课钟点较少，进修时间较多（*出国深造的机会一大把*）；四是图书馆、试验室的经费充足，资料和设备齐全。至于教员的薪金待遇，绝不会低于其他国立大学。

罗家伦以国民党激进派人士的高姿态，挟南方新兴政治势力的威权，到北京做国立清华大学的掌门人，大刀阔斧地改革，礼聘北大出身的教授（*杨振声、冯友兰、周炳琳等*）担任教务长、学院院长，破坏了"清华人治清华"的老规矩，自然多方招嫉。1930 年，北方军阀阎锡山与冯玉祥短期合流，处处为难国民政府，大唱对台戏，亲阎派的学界牛人为讨主子欢心，极力煽动学潮驱逐罗家伦。有心人留下了这段历史的回忆，《蒋廷黻回忆录》第十二章"清华时期"中有这样一段话：

> 校长罗家伦是国民党忠实党员，同时他也是教育界优秀的学者。虽然他忠于国民党，把国民党的三民主义订为课程，但他毕竟是个好人，是个好学者，所以他不想把清华变成任何一党的附属品……此外，他是一个在各方面都喜欢展露才华的人，此种个性使他得罪了很多教授。所以当反罗运动一开始，多数教授都袖手旁观，不支持他。

应该说，气魄宏大，作风果敢，为人坦率，是罗家伦的优点；年轻气盛，露才扬己，治校强调铁腕，较少变通，则是罗家伦的缺点。但无论横看侧看，罗家伦都是功大于过，并非清华的罪人。"驱罗风潮"一来，某些罔顾真相的清华学生推波助澜，多数教授默不援手，这种乐观其败的态度令罗家伦十分寒心。五四健将成也学潮，败也学潮，"且看剃头者，人亦剃其头"，真令人唏嘘。

三松堂主冯友兰是罗家伦进清华掌校的四人班子成员之一，他赞赏罗家伦在清华所做的四项学术改革：第一，提高教师的地位（将"职教员"修正为"教职员"，教员的待遇和地位得以大幅度提高）；第二，提高中国课程的地位；第三，压低洋人的地位；第四，放开女禁。冯友兰与蒋廷黻有一个共识：罗家伦来清华掌校以及去职都是由于政治因素居间作用。蒋介石在政治上能够掌控北京时，罗家伦在清华就能有所作为，一旦蒋介石的政治影响力暂时淡出北京，罗家伦就进退失据，难以立足，这纯属时势使然。

处处为学子，却无学生缘

罗家伦执掌国立清华大学校政不足两年，执掌国立中央大学校政则长达九年，如果说他在清华大学只是小试牛刀，那么他在中央大学就是大显身手了。

1932年10月11日，罗家伦在中央大学的开学典礼上发表演讲，题目为"中央大学之使命"，悬鹄甚高，"创立一个民族文化的使命，大学若不能负起责任来，便根本失掉大学存在的意义；更无法领导一个民族在文化上的活动。一个民族要是不能在文化上努力创造，一定要趋于灭亡，被人取而代之的"，"创造一种新的精神，养成一种新的风气，以达到一个大学对于民族的使命"。他以柏林大学为例，当日耳曼民族受到拿破仑的军事挤压时，一代学者积极配合政治改革，再造民族精神，贡献綦大而影响深远。他为国立中央大学撰写的校歌歌词为："……诚朴雄伟见学风，雍容肃穆在修养。器识为先，真理是尚。完成民族复兴大业，增加人类知识总量。担负这责任在双肩上。"

罗家伦的治校方略为"安定""充实""发展"六字，拟分三个阶段实行，每阶段约需三年。然而形势比人强，七七事变后，中央大学内迁至重庆沙坪坝，在炸弹如雨的战争年代，安定已无从谈起，但即使得不到经费的全额支持，中央大学仍然有较大的充实和长足的发展，学生人数从一千多增加到三千多，为此开办了柏溪分校。一次，日机轰炸沙坪坝中央大学校舍，炸塌了二十多座房屋，罗家伦的办公室也在其列，就在这间四壁仅存一面完壁的危房里，他照旧办公，并且撰成《炸弹下长大的中央大学》一文，亮出精神之剑："我们抗战，是武力对武力，教育对教育，大学对大学；中央大学所对着的，是日本东京帝国大学。"此言掷地有声，足以廉顽立懦。

有人说，罗家伦缺乏学生缘，不管他多勤勉，贡献多大，学生总是不愿意买他的账。为何如此？原因竟出在他的长相上，一个大鼻子，虽不碍事，却有碍观瞻。中大学生戏称他为"罗大鼻子"，某促狭鬼作五言打油诗调侃道："鼻子人人有，惟君大得凶，沙坪打喷嚏，柏溪雨濛濛。"

1941 年 8 月，罗家伦请辞中央大学校长。原因一说是办学经费捉襟见肘，巧妇难为无米之炊；一说是罗家伦与教育部长陈立夫之间存有嫌隙，难以调和；一说是罗家伦不肯拿大学教授的名器做人情，得罪了权贵；一说是蒋介石为了奖励汪（精卫）系归渝人士顾孟余，暗示罗家伦腾出中大校长职位。不管是哪种原因，罗家伦从此离开了教育界。

他一派诗人光风霁月的性情和士大夫休休有容的涵养，勇于公战而怯于私斗，根本不是做政客的料，却偏偏混迹于政客圈中，日日与之周旋，那种"业务荒疏"的窘态和处处吃瘪的情形就可想而知了。这位五四健将在宦海中呛水的时候，更希望回到大学校园，那里才是他安身立命的地方。

"学而优则仕"的不归路

"学而优则仕"，这是传统意义上读书人的光明前途，其实是暗道，甚至是不归路。古往今来，由于做官而弄坏身坯的人不在少数。

出任清华大学校长、中央大学校长，应不算做官，至于国民革命军总司令部参议、教育处处长、滇黔党政考察团团长、西北建设考察团团长、首任新疆省监察使、国民党中央党史编纂委员会主任委员、考试院副院长和国史馆馆长，就该算做官了。20世纪40年代末期，罗家伦还做过两年国民政府驻印度大使。抗战期间，罗家伦与傅斯年结伴到四川江津，探望陈独秀。他们想资助穷困潦倒的恩师，却没看到好脸色，白白挨了一顿臭骂，落荒而逃。罗家伦挨骂的缘由就是像他这样一个有名有数的五四健将竟堕落为国民党的"臭官僚"。

罗家伦与傅斯年是多年的好友。在北大就学时，他们一同成立新潮社，创办《新潮》杂志，一同参加五四运动，罗家伦到欧洲游学时，两人又常在一起探究东西方学术的门道。他们走的均是文史路径，天赋很高，但傅斯年做学问比罗家伦更扎实，且为人胆气更豪。上世纪40年代，傅接连喝退两任行政院长（孔祥熙和宋子文）。在蒋介石面前，傅斯年也能够保持士人风骨，刚直敢言，不亢不卑，从不涉迹官场（依照北大进德会的章程，他出任中央研究院史语所所长、北大代校长、台湾大学校长不算做官），尤其难能可贵。罗家伦与蒋介石结缘甚早，北伐时做过后者的政治秘书，蒋介石对他的信任倚重非比寻常，但他的仕途发展却略显平淡，主要是性格使然。罗家伦做人做事过于高调，城府不深，从不隐藏自己的政治抱负，有意无意间得罪了不少人，再加上谁都清楚他是蒋介石夹袋中的亲信角色，在派系林立的国民党官场，那些精刮的"摸鱼高手"自然将他视为劲敌，他要跻身政界要津，难度反而有增无减。

聪明人做大事未必能够成功，做大使则可能深孚众望。罗家伦的智商够高，他出任过国民政府首任（也是唯一的一任）驻印度大使，得到过印度总理尼赫鲁很高的礼遇。印度政要、国会议员踵门求见，向他请教如何制定新宪法，印度国旗上的核心图案居然也是由他一语定夺的，这在世界历史上恐怕是罕见的孤例。当年，印度国旗上的核心图案欲采用甘地纺织土布的纺纱机，罗家伦参详后建议去掉织机上的木头架子，只保留那只圆轮（恰好神似阿育王的法轮），表示生生不息。这个秉承简约主义"以少少许胜多多许"的优选方案一经罗家伦提出，印度政府很快就欣然采纳了。

罗家伦退处台湾岛，仍未消停，他秉承蒋介石的旨意，主张汉字简化，立刻招来"一身蚁"。廖维藩与一百余名"立委"联名，控告罗家伦是国民党的不良分子，"和中共隔海和唱，共同为民族文化罪人"，"类似匪谍行为"。罗家伦帮忙没帮到，倒帮出涔涔冷汗来。

保罗·高更
(Paul Gauguin 1848 — 1903)

　　法国后印象派画家、雕塑家，与梵高、塞尚并称为后印象派三大巨匠。高更年轻时做过海员，后成为一名股票经纪人。1873 年，他开始学画，并在 1883 年成为一名职业画家。1887 年，高更来到西印度群岛的马提尼岛，岛上的热带风光给他的艺术以启发，作品在形式和色彩上进一步简化。1890 年之后，高更日益厌倦文明社会而一心遁迹蛮荒，太平洋上的塔希提岛成了他的归宿。高更从原始艺术和传统艺术中获取灵感，以构思的大胆、线条的单纯、纯真净美而又鲜明的色彩、具有很强装饰性的构图而触动人们的心灵。

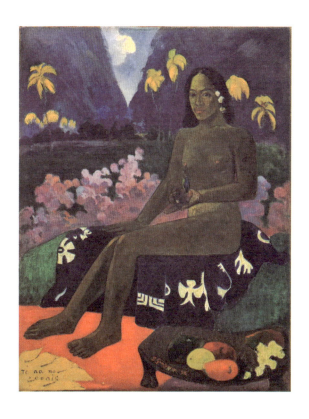

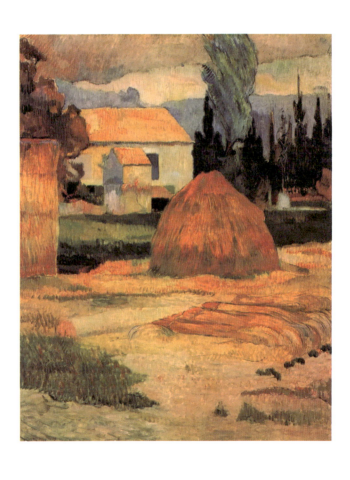

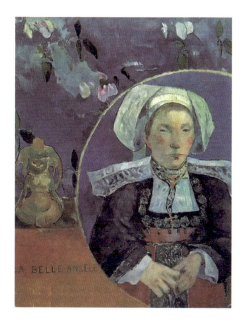

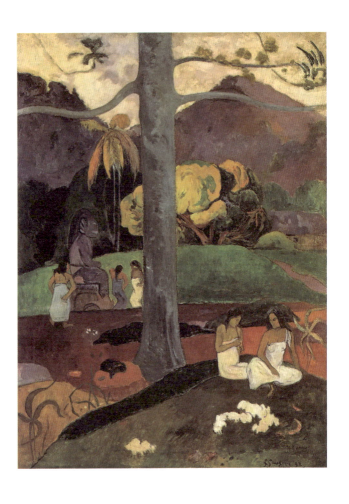

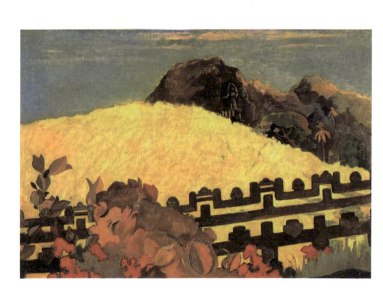

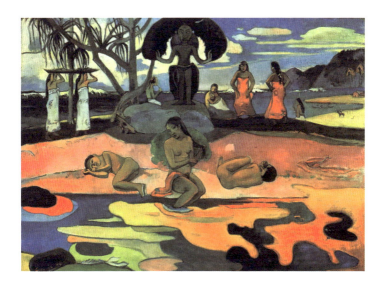

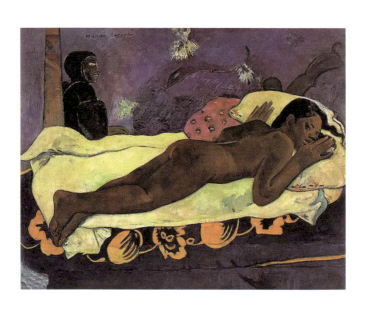

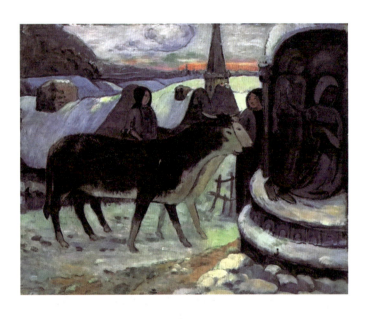

后来他手握"党史""国史"诠释大权，又弄出不少纰漏，遭到吴相湘等史学家的诘问和批评。花甲之后，罗家伦智力衰退较快，这可能是他力不从心的原因。

功名自有定数，强争不来，强取不到。罗家伦混迹官场，一直未能跻身于核心的党政部门，功绩仍属教育为多。虽然他在大学任校长的时间充其量不足十二年，但他主持的改革卓有成效，惠及清华大学和中央大学。在"一寸血肉，一寸山河"（*他的诗句*）的抗战时期，罗家伦所作的系列演讲，所写的书，及时鼓舞了士气，激励了人心，这个成绩也是不容抹杀的。当国民党政府"漏船载酒泛中流"，无可挽救地沉沦时，他在政治上的种种努力就微不足道了。

戴望舒的人生"雨巷"

倪章荣

尽管有过辉煌与得意的时候，戴望舒的人生却更多地处于痛苦与失落之中，婚姻生活的不幸、几次牢狱之灾、抗战胜利后被诬为汉奸，彻底摧毁了他的身体和意志，最终撒手人寰。

中国现代派诗人、翻译家戴望舒的名字，是与《雨巷》联系在一起的："撑着油纸伞，独自／彷徨在悠长、悠长／又寂寥的雨巷，我希望逢着／一个丁香一样的／结着愁怨的姑娘……"这首发表于《小说月报》1928年8月号上的诗作，曾引起极大轰动，受到包括叶圣陶、朱自清在内诸多名家的推荐和赞赏。诗作缠绵、敏感的情愫，打动了一代又一代读者，《雨巷》遂成经典，戴望舒也成为感伤主义的一个符号，同时成为中国现代主义诗歌的一座高峰，是继徐志摩之后中国新诗的杰出代表。戴望舒一生只发表了九十二首诗歌，却凭这寥寥九十二首诗，确立了他在现代诗坛的地位。

可是，一代现代主义诗歌大师却命运多舛，尽管有过辉煌与得意的时候，他的人生却更多地处于痛苦与失落之中，婚姻生活的不幸、几次牢狱之灾、抗战胜利后被诬为汉奸，彻底摧毁了他的身体和意志，最终撒手人寰。

伤痕与才气

戴望舒出身于杭州一个职员的家庭。父亲戴立诚早先在北戴河当铁路职工，后回到杭州，在市政府财政局任职，晚些又转任银行职员。母亲卓文出身书香门第，可以说是儿子的文学启蒙老师。

戴望舒天资聪慧，好学上进，三四岁便开始大量阅读中外童话故事。父母对这个唯一的儿子宠爱有加，姐姐对他也是关怀备至。戴的童年本应是阳光灿烂的，可惜幼年时不幸患上天花，虽经及时的治疗和护理，然而那时医疗水平有限，最终在他脸上留下了瘢痕。这一打击对戴望舒来说是终身的，甚至是致命的，从容貌被毁的那一天起，他便遭受了来自周围伙伴有意无意的嘲笑挖苦，这让他的心灵蒙上了一层阴影，经常处于自卑和少言寡语的状态。成年后的戴望舒一米八几的个子，诗名远扬，风流倜傥，却很少在公开场合露面，也从不发表慷慨激昂的演说，有时连说话都有点打结。据说，成年后的戴望舒多次质问母亲为什么没有将他的病治好。

1931 年 12 月，戴望舒的中学同学张天翼在《北斗》杂志上发表了一篇小说《猪肠子的悲哀》，小说素材之一就是戴望舒的生理缺陷。纪弦是比戴晚一辈的诗人，他在纪念戴望舒逝世四十周年的文章中写道："'新雅'是上海一家有名的粤菜馆……我们吃了满桌子的东西。结账时，望舒说：'今天我没带钱。谁个子最高谁付账，好不好？'……这当然是指我……我便说：'不对。谁脸上有装饰趣味的谁请客。'大家都听不懂，就问什么叫作'装饰趣味'。杜衡抢着说：'不就是麻子吗？'于是引起哄堂大笑……"这些玩笑，让生性敏感的戴望舒十分难堪，却又无可奈何。

但心理创伤并没有妨碍戴望舒的才气，他学习成绩优异，阅读量大，与同龄人相比，他的知识面要广很多。1923 年，戴望舒中学毕业，秋天与施蛰存等人一起考入上海大学，戴在文学系学习，兼听社会学系的课程。在校期间，他与沈雁冰、田汉等教员关系密切，田汉在课堂上介绍法国象征主义诗人魏尔伦，戴遂由此萌发其终生爱好。两年多时间里，戴望舒发表了《势立升长》《牺牲》《滑稽问答》等小说、散文和译著二十余篇，在浙沪文坛初露锋芒。

1925 年 5 月，上海发生"五卅惨案"，上海大学学生举行游行示威，声援工人群众，戴望舒也参加了游行。随后上海大学被查封，他的学习生活被迫结束。随后，他进入震旦大学（今复旦大学）法文特别班学习，为期一年。这期间，戴望舒与施蛰存、杜衡创办《璎珞》旬刊，并开始翻译魏尔伦等人的诗歌，大量发表自己的诗歌作品。是年底，戴望舒与施蛰存、杜衡一起加入了共青团。他们着手书写另外形式的"诗"——革命。1927 年 1 月，三人一并"跨党"加入国民党，并受一个不知名的上级的指派，参加各种宣传鼓动活动，编印简报、张贴标语、散发传单……可时隔不久，戴望舒与杜衡便在法租界被捕，后经保释被释放。

这次被捕，是对戴望舒高涨革命热情的沉痛一击。虽然只被关了一晚，可蜷缩在冰冷牢房里那种饥寒交迫与胆战心惊的处境，让他感受到自由是如此可贵。以后的岁月里，戴望舒虽然一直同情革命并帮助革命的朋友，却与革命保持一定的距离。他并不是一个贪生怕死的人，日后在香港被日本人关进监狱之后，他表现出了浩然正气，可他已经摒弃了激进的革命手段，而将重心重新转到了文学上。

戴望舒再次与施蛰存、杜衡等人联手，在施蛰存的老家松江办起了"文学工场"。但开工三个月后，戴望舒便对这种枯燥、孤寂的生活有些厌倦了，他决定到北京转转，看是否有机会完成学业，或者出国留学。在京期间，戴望舒结识了一批日后成为大家的文学青年——沈从文、姚蓬子、胡也频、冯至、罗大冈等，还见到了上海大学的老同学丁玲，通过丁玲和胡也频，他认识了共产党员、革命文艺理论家冯雪峰。此后，他们一直保持通信联系，冯激情澎湃的言论与观点，让戴望舒产生了共鸣。

1928年新年刚过，冯雪峰写信给戴望舒，说他即将南下浙江，想带一个相好同来，这位相好是个妓女，需要一笔钱将她赎出来，希望戴望舒能筹措400元钱寄给他。3月，冯雪峰来到松江，却没见妓女同行——原来，所谓妓女云云不过是个谎言，冯是为了救因帮他出版一本译稿而受到牵连的出版界的朋友。见到戴望舒、施蛰存、杜衡等人后，冯雪峰希望他们重新寻找党组织，回到革命队伍中去，但被他们婉言拒绝了。

人生的巅峰

冯雪峰的到来，激发了戴望舒、施蛰存、杜衡对革命文学的兴趣，他们的"文学工场"进入了一个生机勃勃的时期。当时，有一本叫作《飞行的奥西普》的英译苏联小说刚刚进入上海市场，他们便将其买回来，分头翻译，之后取名《俄罗斯短篇杰作集》，由上海水沫书店出版。他们与冯雪峰经常往返于松江与上海之间，将翻译和创作的作品拿去出售。对上海图书市场有了比较细致的了解后，他们觉得与其让书商赚大头的钱，还不如自己办书店、办杂志，形成产、供、销一条龙。刚好此时震旦大学的同学刘呐鸥向他们发出邀请，四人迅速行动——毕竟戴望舒已非昔日在上海读书的无名青年了，施蛰存和杜衡在文学上亦有不小的成绩（**三人被誉为浙江文坛"三剑客"**），再加上一个从事理论研究的冯雪峰，他们踌躇满志，开始了文学事业。

1929 年 9 月，他们创办了《新文艺》月刊。为躲避政府的检查，后将书店迁到了租界，改名为"水沫书店"。可惜，因淞沪战争爆发，书店和刊物不得已停办。战争结束后，现代书局的老板邀请"三剑客"创办了一份中立刊物《现代》，戴望舒在上面发表了大量翻译及创作作品，当时的上海文坛有这样一种说法：使戴望舒名满天下的是他的《雨巷》，成就戴望舒现代诗坛领袖地位的是《现代》杂志。施蛰存在写给戴望舒的一封信中说："……现在所有的大杂志，其中的诗大多是你的徒党，了不得呀！"

紧张而快乐的文学活动让戴望舒找到了爱情和灵感，也找到了人生的价值。

有一段时间里，戴望舒被邀请至施家小住。在那里，他见到施蛰存的妹妹施绛年。当时施绛年正在上师范学校，漂亮聪颖，活泼开朗。对于终日忙碌于文学事业的戴望舒来说，不啻一缕朝阳，一阵清风。

但戴望舒是个木讷腼腆的人，尤其不善于和异性打交道。第一本诗集《我底记忆》出版时，他在诗的扉页题字给绛年，大胆向她表白。但绛年对戴望舒更多的是一份敬重之心，她比他小五岁，对戴望舒写的诗并不以为然，甚至在看到他给她写的诗句时，也丝毫没有被打动，绛年的冷漠让戴望舒痛苦不堪。出于对兄长好友的敬重，绛年不好断然拒绝戴望舒，希望他知难而退，可她愈是这样委婉地拒绝他，愈是让戴望舒觉得有一线希望，这就更加深了他内心的痛苦。有一回，戴望舒终于无法忍受这恋爱的折磨，他以跳楼自杀来向绛年求爱。

看到戴望舒如此固执，施绛年害怕了，也心软了，加上家人的劝说，遂于1931年与戴望舒订婚，并公开举行了订婚仪式。不过施绛年向戴望舒提出了结婚的条件：必须要去留学取得博士学位，回家后有一份稳定的工作，方能嫁给他。戴望舒愉快地答应了未婚妻的要求，一颗长期悬在半空的心终于落了下来。

在戴望舒的第一部诗集中，大部分为情诗，而写给施绛年的情诗差不多占了整个诗集的三分之一。诗集的扉页上，印着"给绛年"几个法文大字。而这些情诗中，最著名的莫过于那首《雨巷》了，它让戴望舒一鸣惊人，随后，上海一些有名的报刊纷纷向他约稿，诗集出版后亦是洛阳纸贵，文艺界人士都以认识和结交戴望舒为荣——那年，他才二十三岁。

爱情和事业双丰收，让戴望舒找到了自信，他决心大干一场。据戴望舒的好友、著名翻译家罗大冈回忆，戴第一次来北京时曾经约见他，两人在昏暗的煤油灯下畅谈理想和文学，戴望舒的愿望是获得诺贝尔文学奖，他说，如果自己能够得奖，一定要建立一个大书院，让志同道合的文友们在一起搞翻译，搞创作，各尽其才。

灰暗的低谷

1932年10月8日，为了一份爱情，戴望舒不情愿却又必须踏上邮轮赴法留学。

在踏出国门之前，起了一个不大不小的风波。1930年3月，经冯雪峰介绍，戴望舒加入了左翼作家联盟。这之后，戴望舒写作了两首歌颂革命和无产者的诗《流水》和《我们的小母亲》。但时隔不久，他和施蛰存便主动地疏远了"左联"，一头扎进自己的文学天地里。当时因徐志摩已去世，李金发转向美术，戴俨然成了诗坛领袖，而他的风格显然与"左联"的主流风格不合。这被某些"左联"作家所不能容忍，认为他脱离现实、思想腐朽。郭沫若就说："我要以英雄的格调来写英雄的行为……我高兴做个'标语人''口号人'，而不必一定要做'诗人'。"面对围攻，戴望舒写了一篇名为《关于文艺界的反法西斯蒂运动》进行反击，称左翼作家"愚蒙且横暴"，这意外地激怒了鲁迅。鲁迅曾将译著交戴望舒的书店出版，视其为同道之人，因而将此文看成"从背后射来的毒箭"，撰文回击。从此，戴望舒与"左联"分道扬镳。

戴望舒是个有浪漫主义情怀的人，不喜欢学校刻板的教育方式。在巴黎大学学习期间，他并没有认真听课，甚至从不参加考试，他把主要精力用在阅读、游历、翻译、交友和冥想上。那段时间，戴望舒陷入了手头拮据的状态，只能靠施蛰存每月寄来的80元勉强维持（施也很困难，最窘迫时月收入仅50元）。在寄钱的同时，施蛰存不忘叮嘱老友在好好读书之余，多创作一些作品，尤其是诗歌，国内读者都希望读到大诗人的新作，《现代》杂志也需要优秀的诗作维持门面，同时还可以挣一点稿费缓解经济压力。只是，戴望舒并没有如施蛰存所愿，三年时间里，他只是寄了几篇翻译作品过来，新创作的作品只有五首。

而施绛年呢？到法国后，戴望舒从对方回信时的冷淡和寥寥数语中，感觉到了他朝思暮想的女人可能已经变心。原来，在与戴望舒分别之后，施绛年就与一个冰箱推销员恋爱上了。当年冰箱推销员是个比较时髦的行业，发展前景也较好，她抛弃了戴望舒——事实上她也从没有真正爱过他。这一切作为兄长的施蛰存当然知道，只是他怎敢告诉好友呢？只有回信搪塞，嘱戴专心学业。

1934 年的春季，巴黎爆发反对法西斯主义的大规模游行抗议活动。戴望舒不仅参加了这次游行，还跑到西班牙参加了马德里的抗议活动，被西班牙当局遣返回法国。里昂中法大学因戴望舒没拿到一个学分，按校规将其开除。为表示不满，校方没发给戴望舒盘缠，只给了他四等舱的船票，戴望舒后来抱怨说：还不如难民收容所，食物粗得像喂牲口的饲料。

戴望舒两手空空地回到了上海——就算戴望舒带

回来再多的文凭，对他的爱情和婚姻也无济于事。回国后，戴望舒找到施绛年，当得知这一切都是真的时，他难以压制心中怒火，当着施家父母的面打了绛年一巴掌，结束了他们之间长达八年的恋爱。戴望舒给他们的爱情写了最后一首悼歌《霜花》："装点春秋叶／你装点了单调的死／雾的娇女／来替我簪你素艳的花。"

戴望舒的长女戴咏素曾说："我表姐认为，施绛年是'丁香姑娘'的原型。施绛年虽然比不上我妈以及爸爸的第二任太太杨静美貌，但是她的个子很高，与我爸爸一米八几的大高个很相配，气质与《雨巷》里那个幽怨的女孩相似。"戴望舒的初恋就这样终结了，这更加深了他内心的自卑情绪。他内心依然深爱着绛年，但已经无可挽回，在他以后的婚姻中，这段经历留给他的阴影总是时不时出现，后来虽有过两次婚姻，但他内心一直无法忘却的女子，还是他的初恋。

曲终人散的两次婚姻

回到上海的戴望舒由于没有经济来源，只好借住在朋友刘呐鸥家里。他心情沮丧，整天与好友杜衡、刘呐鸥、穆时英、叶灵凤等喝咖啡、进舞场、逛马路……全然没有了当初的豪情壮志。穆时英见戴望舒这样，便安慰说："施绛年算什么，我的妹妹要比她漂亮十倍，我给你介绍。"穆时英是新感觉派小说家，对戴望舒的诗十分喜爱，在他出版的小说集自序中，声称将此书献给在海外读书的戴望舒，其欣赏和敬佩之情可见一斑。

穆时英的妹妹叫穆丽娟，比戴望舒小十二岁。穆父是大商人，家境好，穆时英下面还有三弟妹，穆丽娟是家中唯一的女孩，可谓集万千宠爱于一身。她美丽、端庄，小时候曾就读于教会学校，后进入一所外资中学学习，知识面广，通情达理，穆时英的朋友们都很喜欢她，亲昵地称她为"穆妹妹"。由于爱好文学，她对戴望舒这个名满天下的大诗人十分仰慕，哥哥将戴望舒介绍给她之后，很快便"进入角色"，帮助戴抄写稿件，陪他打牌、跳舞。戴望舒也不由自主地爱上了这位富有却不娇纵的女孩。

戴望舒因施绛年悔婚差点窒息的心，在这位姑娘的抚慰下，渐渐恢复了生机。1935年冬，杜衡受戴望舒的委托，正式向穆丽娟的母亲提亲，穆母同意了他们的亲事。不久，戴望舒写下一首叫作《小曲》的短诗，表达此时的心境："啼倦的鸟藏喙在彩翎间／音的小灵魂向何处翻跹／老去的花一瓣瓣委尘土／香的小灵魂在何处流连……"

1936 年 6 月初，戴望舒与穆丽娟的婚礼如期在上海新亚大酒店举行。伴郎是诗人徐迟，伴娘是穆时英的妻妹。婚后，两人搬到了上海亨利路永利部 30 号居住。这是一幢三层的楼房，三楼由叶灵风夫妇居住，一楼和二楼则由戴望舒夫妇租了下来—— 一楼做书房和客厅，二楼是戴望舒夫妇和戴母的卧室。婚后的戴望舒沉浸在甜蜜与幸福之中，他全身心地投入到翻译《堂吉诃德》与创办《新诗》月刊的工作中，同时每天到俄国教堂学习俄文，翻译普希金和叶赛宁的诗歌。两年后，他们的女儿诞生了，戴望舒为她取名戴咏素，小名朵朵，希望她像花朵一样美丽。朵朵的诞生，为两人的生活增添了新的乐趣。

当时，出于抗日统一战线的需要，"左联"提出了"国防文学"的口号，有人以"国防文学"的标准，批判戴望舒的诗反映了没落地主的悲哀，充满了封建的味道，艺术性极差。起初，戴望舒没有理睬，但当他被群起而攻之时，再也忍耐不住，写下了文章《关于国防诗歌》，认为："一首有国防意识情绪的诗可能是好诗，唯一的条件是它本身是诗。"戴望舒再一次与左翼文艺家结怨，对他日后产生了不利的影响。

抗战全面爆发后，为了投入到抗战中去，戴望舒决定将家迁到香港，然后自己到大后方参加抗战。1938年5月，戴望舒全家与叶灵凤夫妇一起坐船奔赴香港。

生活终于稳定下来了，这对于从战乱中逃出来的穆丽娟与戴望舒来说，还是很满足的。不久，他们便搬到了戴望舒的粉丝、香港法籍教授玛尔蒂夫人的楼房居住。楼房四周环境优雅，树木葱茏，近处有小溪流过，远山有一线飞瀑。戴望舒给这个住处起了个优美而有诗意的名字"林泉居"，后来他干脆以"林泉居士"为笔名发表文章。

但在这种表面宁静温馨的家庭氛围下，穆丽娟与戴望舒之间的感情裂痕却越来越大，这个裂痕很大程度上是由个性的差异造成的——两人都不愿意为对方改变自己。穆丽娟比戴望舒小十二岁，在丈夫的眼中，穆丽娟永远是一个不懂事的"小姑娘"，家里的一切都应由他说了算，凡事都不爱与穆丽娟商量；而穆丽娟喜欢自主安排生活，对他总是不予理睬。戴望舒性格内向，总是沉浸在自己的世界中，除了应酬外，平时话语不多，不是看书就是写作，朋友来了高谈阔论，朋友走后沉默不语，和妻子没有太多的交流。穆丽娟时常抱怨说："望舒的第一生命是书，妻子女儿则放在第二位。"由于缺乏丈夫的关心，穆丽娟联想到戴望舒与施绛年的初恋，怀疑丈夫对自己的漠视是因为他依然爱着前任，当穆丽娟将她的这一怀疑告诉戴望舒时，戴望舒却没有向妻子多作解释。

穆丽娟后来回忆她与戴望舒婚姻破裂前的家庭生活时，说："他是他，我是我，我们谁也不管谁。他干什么，什么时候出去、回来，我都不管。我干什么，什么时候出去、回来，他也不管。"其实，最让穆丽娟不能忍受的，还不是戴望舒对她的冷淡，而是他的粗鲁。穆丽娟曾说："我看不惯望舒的粗鲁，他很不礼貌。"《雨巷》让戴赢得了"雨巷诗人"的美誉，但这一称号与穆丽娟眼中的他实在相差甚远。

那时，穆丽娟的母亲也随着女儿来到香港，就住在离她家不远的学士台。穆丽娟有时去看望母亲，戴望舒知道了很不高兴。一晚，穆母突然生病，穆丽娟知道后匆匆赶去，守护在母亲身边，一夜未曾合眼。翌日一早，戴望舒怒气冲冲地赶了过来，不问青红皂白，对着穆丽娟边说边骂，粗言秽语，不堪入耳，最后竟蛮横地拽起妻子就往外走。当时，穆丽娟的几位亲朋也在场，左劝右说，戴望舒根本不听。穆丽娟强压怒火，随他返回家中，但心里已对他由冷淡而变成憎恨，她警告说："你再压迫我，我就与你离婚。"戴望舒以为她不过是小孩子耍脾气、使性子，殊不知穆丽娟说的是心里话。

可导致他们婚姻完全破裂的，却是因为穆丽娟哥哥穆时英的死。1940 年 6 月，穆丽娟的大哥穆时英在上海被军统特务误杀身亡。穆丽娟与大哥的感情深厚，噩耗传来，让她痛不欲生。戴望舒以为穆时英附逆，斥责说："你是汉奸妹妹，哭什么哭？"戴、穆感情进一步恶化，戴望舒曾对住在他家的施蛰存说："丽娟有一个月未和我讲话。"

这年冬天，穆丽娟的母亲因经受不住丧子之痛，溘然长逝。接连遭受两个亲人离世的打击，穆丽娟心情沉痛，当有人追求时，便很快做了俘虏。先是一个姓朱的大学生，后来是《宇宙风》主编周黎庵。穆丽娟向丈夫寄去了离婚协议书，为挽回这桩婚姻，戴望舒三次赴上海与妻子沟通，可穆丽娟去意已决。1943年1月26日，两人协议离婚，女儿归戴望舒抚养。

在与穆丽娟离婚前，戴望舒便由朋友介绍，认识了香港大同图书印务局经理部的女职员杨静。杨静原籍浙江，生于香港，娇美清丽，热情大方。1943年5月9日，戴望舒与杨静结婚。新郎三十八岁，新娘才十七岁。婚后第二年和第三年，杨静分别生下了两个女儿，可属于戴望舒的幸福依然短暂，仅仅维持了六年。

杨静从小在香港长大，养成了社交的习惯。在香港时，杨静便经常参加美国大兵的舞会，戴望舒因要洗清"汉奸"指控，带一家人回到上海后，她依然乐于社交。丈夫好静，妻子好动，性格差异太大，加上戴望舒因大女儿的原因不时与穆丽娟接触，让杨静心里不快。矛盾越积越多，有时甚至动起手脚。重回香港后，已经物是人非，戴望舒工作难找，经济拮据，一家五口的生活都成问题。恰好此时，住在戴望舒隔壁的一个小青年不时向杨静献殷勤，杨静竟然跟这个青年私奔了。这个打击让戴望舒无法承受，两人最终离婚，各带一个女儿。

戴望舒的三段感情、两次婚姻都以悲剧收场，不能不让人扼腕叹息。

诗人的陨落

日本人占领香港之前，戴望舒收入颇丰，生活还算平静，在香港文艺界更是如鱼得水。由于躲避战乱，内地很多文艺家都来到了香港，大家放下政见与文艺观念的差异，为全民族抗战鼓与呼，不时相聚一堂，苦中作乐。

当时，因发明万金油而闻名于世的南洋巨商胡文虎正在筹办《星岛日报》，社长是他的三子胡好。戴望舒因其名气与出众的才干，被胡好相中，主编日报副刊《星座》。利用这个小小的阵地，戴向当时的知名作家们约稿，编发了大量宣传抗日的文学作品，不少文艺界名家如茅盾、郁达夫、萧红等人，都是《星座》的专栏作家或撰稿人。"可以说，没有一位知名的作家是没有在《星座》里写过文章的。"为了约到好稿，戴望舒常常采用预付稿费的办法，很多时候甚至将自己的薪酬用来预付稿费。不久，戴望舒成为新成立的中华全国文艺界抗敌协会香港分会的负责人，并以香港文协的名义举办了为期一个月的青年文艺讲习会，聘请名家为青年作者讲课。

自1941年12月25日日本占领香港之日起，戴望舒的噩运便到来了。1942年春，中共组织在港的三百多名文化界人士大撤离，可撤离名单上却没有戴望舒。根据徐迟的说法是，戴望舒舍不得他的书。戴望舒是一个爱书如命的人，在法国的时候手头一直拮据，回国时却带回了几大箱书。但冯亦代却另有说法，他认为戴望舒留在香港，是潘汉年要求他留下的。

1942年春天，日军以戴望舒与抗日作家端木蕻良和萧红来往密切为由，将其逮捕。在港的几年里，戴望舒经常去看望萧红和端木蕻良，在萧红心中，戴望舒既是兄长，更是可信任和依赖的朋友。萧红离世后，"几个朋友，搞到一辆板车，自己拉着，走了六七个小时，将萧红的遗体拉到了浅水湾埋葬"，这"几个朋友"中，戴望舒就是其中一位。他还不顾病痛缠身，多次去萧红的墓前凭吊，每次步行六七个小时，荒滩被他踏出了小径，要知道，那时的香港还在日军控制之下，"萧红"的名字提都不敢提。

戴望舒在日本人的监狱里受尽酷刑，被灌辣椒水，坐老虎凳，但他没有屈服，在狱中还写下了正气凛然的《狱中题壁》："如果我死在这里 / 朋友呵，不要悲伤 / 我会永远地生存 / 在你们的心中……"两个月后，叶灵凤经过多方奔走，终于将戴望舒保释出狱。经过牢狱之灾，原本身强体壮的戴望舒彻底垮了，哮喘病也日趋严重。

出狱后的戴望舒，靠写些介绍民俗、风物之类的东西维持生活。盼望已久的抗战胜利终于到来，可这样一个在日本人的监狱里受尽折磨的抗日诗人，却被诬为"文化汉奸"。

1945 年 9 月，老舍以全国文协的名义写信给戴望舒，全权委托他负责香港文协的恢复工作，并调查香港文艺界的投敌附逆情况。正当戴望舒兴致勃勃地为组织工作时，国内文坛关于戴望舒附敌的流言大肆泛滥。一封致全国文协重庆总会的检举信于 1946 年在《文艺生活》第二期和《文艺阵地》第二期同时发表。指责戴望舒附敌的三条证据是：一、日伪报纸《东亚晚报》刊登征集文艺佳作的启事，编选委员的名单中有戴望舒的名字；二、伪文化刊物《南方文丛》选了戴望舒两篇文章；三、戴望舒为了还汉奸文人罗拔高在他走投无路时的帮助，给他的小说集写了一篇跋。

有人认为，之所以有这么多左翼文艺家与戴望舒过不去，除了戴与左翼文艺家的历史纠葛之外，主要还是权力之争。很多人不满戴望舒把持香港文坛，有的人是为了洗脱自身的问题先下手为强，还有人是被蒙骗参与揭发的。

戴望舒的全国文协香港分会负责人被撤职。全国文协负责人让戴望舒到已搬迁至上海的全国文协总会说明情况。"汉奸"是一顶可以把任何强大的个体压得粉身碎骨的帽子，无人不怕。戴不敢怠慢，带着妻女乘船来到上海，他在《自辩书》有这样一句经典反问："对一个被敌人奸污了的妇女，诸君有勇气指她是一个淫妇吗?"戴望舒的"汉奸"问题查清楚了,可从这时开始,他也变成了一个失去了往日个性的文人。回到香港之后,戴望舒谨言慎行,并积极与进步文艺家保持紧密联系。

1949年初,戴望舒决定回到北方,他说:"我思念故土的心一刻都没法停留,我要回到北方,死的时候也能光荣一点。"回京后的他,因为名气和才华,被安排到国家新闻出版总署国际新闻局工作,对能够获得这个职位,戴望舒很是欣慰,决定改变以前的生活和写作方式。但是生活出现转机,身体却每况愈下,北方寒冷的天气让他的哮喘越发严重,上个楼梯都要不断地喘气。医生建议他做手术,他也听从了,但是情况并未见好转。

戴望舒接到的第一个任务是:翻译毛泽东的《新民主主义论》和《全国政治协商会议纲领》两本小册子。他不顾劳累,连续多天日夜加班,导致哮喘病发作。为了病情早日好转,他给自己注射的麻黄素加大了剂量,却于1950年2月28日上午因药物中毒而昏迷,送到医院时,已停止呼吸。

一代风流,就此消逝,终年四十五岁。

与张学良交往中的张恨水

解玺璋

按说，对待文人的游戏笔墨，人们一般不会真往心里去，张恨水也不希望人们以穿凿附会、对号入座的方式读他的小说。但是，张学良似乎接受了这种说法，居然相信张恨水笔下的韩幼楼就是他张学良本人。据说他还曾找到未英胡同张宅，登门拜访，主动结交这位报人兼小说家。

民国二十三年（1934）夏，张恨水赴西北考察，为小说创作收集素材。他的行踪被张学良所关注。有一天，他忽然收到了张学良的邀请，要他西行归来到武昌一晤。曾任张学良秘书的王益知在《张学良外纪》中记述了这件事：

> 一九三四年春天，张学良到武汉，第二年十一月又迁西安。他在武昌，却早已顾及到西北，张恨水周历名山大川，在一九三五年（应为一九三四年，作者注）曾作西北之游，张学良认为新闻记者目光犀利，一般人所忽略的，他们都能透视得很清楚，便邀恨水游罢转到武昌，在徐家棚公馆，畅谈些西北的社会情形，农村经济，山川形势，关隘险要。

张恨水与张学良的交往，最早可以追溯到民国十五年（1926）。这一年的夏天，只有二十六岁的张学良，被北京政府授予良威上将军衔，是东北"奉军"的少帅。而此时的张恨水，年届三十出头，正在《世界日报》《世界晚报》主编《明珠》《夜光》两个副刊，他的两部小说《春明外史》《金粉世家》就在这两个副刊上逐日连载，颇为北京市民所喜爱，已是小有名气的报人兼小说家。风马牛不相及的两个人，怎么走到一起的呢？起因便是《春明外史》这部小说。

这是张恨水的成名之作。自民国十三年（1924）春《世界晚报》创刊以来一直在副刊《夜光》连载，是该报的一大品牌。

老友张友鸾曾在《章回小说大家张恨水》中写道：

> 《春明外史》写的是二十年代的北京，笔锋触及各个阶层，书中人物，都有所指，今天的"老北京"们，是不难为它作索隐的。在《世界晚报》连载的时候，读者把它看作是新闻版外的"新闻"，吸引力是非常之大，很多人花

一个"大子儿"买张晚报，就为的要知道这版外新闻如何发展，如何结局的。当时很多报纸都登有连载小说，像《益世报》一天刊载五六篇，却从来没有一篇像《春明外史》那么叫座。

当时的北京，还在北洋政府治下，大致经历了直系、奉系两个时期，细分还有曹锟、吴佩孚、黎元洪、段祺瑞、冯玉祥、张作霖等人的轮流执政，简直就像走马灯一样，乱哄哄，你方唱罢我登场。在他们的统治下，北京尽管称作"首善之区"，却已经闹得乌烟瘴气，昏天黑地。

军阀、官僚、豪绅，沆瀣一气，贿选总统，卖官鬻爵，贪污舞弊，酒肉征食，声色犬马，无恶不作。更让人难以容忍的是，为了争夺地盘，这些军阀动辄发动内战，今天奉系联合直系打皖系，明天直系勾结冯、阎打奉系，战火硝烟，此起彼伏，无休无止，受苦受难的是因战争而流离失所的穷苦百姓。

张恨水是个有正义感和社会良知的报人、小说家，在新闻受到严格管控，报纸动辄被关停，记者亦可能遭遇杀身之祸的情况下，他则巧妙地利用小说这种形式，把上层人物干的那些见不得人的事，影影绰绰地透露出来，使人一看，便心领神会。据说，当时的读者，常常一边读小说，一边猜测书中某某人是否影射生活中的某某人，书中的某件事究竟影射生活中的哪件事，于是成为街谈巷议的热点。

他这支笔，也是带着情感的，对军阀，嬉笑怒骂，叱责指摘，绝不客气。唯有一次例外，是在写到一个叫韩幼楼的青年军人时，张恨水不仅写了他青春年少的风采和气象，待人接物的礼貌和客气，更写了他在风月场中的自我约束，始终没有和一个年轻女子跳舞。

按照当时一些好事者的索隐，张恨水笔下的很多人物都包含着某种相对应的关系，比如，魏极峰与曹锟，鲁大昌与张宗昌，姚慕唐与张敬尧，章学孟与张绍曾，乌天云与褚玉璞，秦彦礼与李彦青，闵克玉与王克敏，苏清叔与吴景廉，周西坡与樊樊山，黎殿选与刘春霖，曹祖武与杨度，余兰痕与徐枕亚，金士章与章士钊，时文彦与徐志摩，何达与胡适，小翠芬与小翠花等，就可称为身形和影子的关系，而韩幼楼则对应了张学良。

按说，对待文人的游戏笔墨，人们一般不会真往心里去，张恨水也不希望人们以穿凿附会、对号入座的方式读他的小说。但是，张学良似乎接受了这种说法，居然相信张恨水笔下的韩幼楼就是他张学良本人。据说他还曾找到未英胡同张宅，登门拜访，主动结交这位报人兼小说家。

尽管此事有些蹊跷，但此后他们二人你来我往的故事却多有记载。王益知曾在《张学良外纪》中写道：

> "九一八"后他常在北京，住肃王府旧宅。我曾邀他及张恨水、宗子威（诗人，东北大学教授）、寿石工聚餐，他很高兴，说这是很难得的"雅集"。宗子威有诗纪之。

当年在北京行医的日本人矢原谦吉也曾提到，一次，张学良忽然派兵逮捕了他的朋友丁春膏（四川总督丁宝桢曾孙、中法储蓄会副理事长），理由是有人告丁私设电台，私通南方，并向南方通报张学良的动向。张恨水闻知，为丁辩诬，又亲为丁夫人属稿，致函张学良，责备他不该无理捕人。次日，张学良查明事情真相，就把丁放了。事后，张学良还请人赠丁高丽参数两，名贵皮裘一袭，以示歉意。

最有戏剧性的一次是在民国二十年（1931）十二月，张学良改任北平绥靖公署主任，曾拟聘张恨水为文学秘书。"此时，张学良偕于凤至及赵四小姐住在北平顺承王府。赵四小姐深知张学良爱才重才的心情，选了一把湘妃竹的白纸折扇，托人请张恨水题字。张恨水见扇面画有花木和燕子图案，便在空白处题七言绝句一首：'少帅隆情嘱出山，书生抱愧心难安。堂前燕子呢喃语，懒逐春风度玉管。'借此诗既敬谢了少帅欲重用的美意，又表白了自己难以平静的心情。"

张恨水虽然几次拒绝了张学良邀他做官的盛情，但对张学良的好意，他亦知投桃报李。有记载称，张恨水曾三赴沈阳，均有报张学良相知之意。

第一次是在民国十七年（1928）十二月十三日至十九日，张学良宣布东北易帜之前，张恨水乘平奉列车赶到沈阳。他此行目的有二，其一，受北平《世界日报》和《北平朝报》委派，采访东北易帜问题。据王益知记载，在张恨水之前，《大公报》的胡政之，《新闻报》的顾执中，著名大炮、他的老朋友龚德柏都已到达沈阳，"最后来的是张恨水，在帅府老虎厅上，二张长谈四五个钟头，极其融洽。恨水将新印的《春明外史》一百部，带沈托《新民晚报》社代售，张学良遣副官一买就是十几部，府中几乎人手一编，三日即罄"。其二，张学良为了与日本人的《盛京时报》争夺舆论阵地，创办沈阳《新民晚报》，并请张恨水为之创作小说，钱芥尘在为张恨水小说《过渡时代》作序时曾谈及此事："民十七（1928）之冬，愚与恨老同客辽沈，时新民晚报创刊，恨老既付以天上人间长篇巨著。"张恨水此次赴沈，既有为《新民晚报》创刊祝贺之意，也是接洽小说连载之事。

　　三个月后，民国十八年（1929）三月六日至八日，张恨水第二次赴沈。自去年十二月二十九日张学良宣布东北易帜后，南京国民政府任命他为东北边防军司令长官，兼东北政务委员会主委，他则授予张恨水为东北边防司令部顾问，并向他发出了赴沈的邀请。

　　不过，张恨水此行的心情却颇为复杂，他有两组诗词分别发表于本月十九日和二十二日之《世界日报》副刊《明珠》，其中很好地表达了纠缠于他身上的重然诺，酬知己，又不想为食客，亦非栋梁才的两重心境。先看前者，是词作《虞美人》三阕：

人间没个埋愁处，
更向天涯去。
朔风两度客孤征，
又是天高月黑渡边城。
杨花未解飘零意，
落也还飞起。
十年已是困京华，
不道依依难别也如家。

前调

奔车击铁鸣鼍鼓，
驰上榆关路。
平沙莽莽月昏黄，

只是悄然无语一凭窗。

青禽几遍叮咛说，

珍重轻轻别。

果然此别太匆匆，

已是一千里外雪霜中。

前调

为伊呕尽心头血，

还怕为伊说。

桃花落尽不归来，

免伊笑啼不是苦徘徊。

除非化作青陵蝶，

千古无离别。

分飞莫道尚同心，

碧海青天何处更追寻？

再看后者，是一组五律，《榆关道上》（四首）：

一片风沙响，奔车抵故关。

古人原怕别，壮士不期还。

大漠空残照，长城跨乱山。

悲笳何处起，只在有无间。

一卧行千里，奔车十二时。

光阴本幻梦，踪迹似游丝。

荒草连天阔，平原落日迟。

凭窗寂不语，拈带忽成诗。

结交重然诺，慷慨赋孤征。

又上卢龙道，还听画角声。

壮年成食客，乱世厌儒生。

微笑无人识，萧然别旧京。

路犹连雪冻，关不放春来。

直入风沙里，奔车吼似雷。

甘称牛马走，岂是栋梁才。

留血酬知己，雄心莫尽灰。

　　这两组诗词都很能体现张恨水的态度和性情，文人士子的耿介自持、圆融通达，以及信守然诺，在这里得到了统一。恰如钱芥尘所言：

> 恨老处世接物，外圆内方，与世无争，与
> 人无忤，然而愤世嫉俗，则一一形诸小说，刻
> 画形容，有类画鬼，直同化境。

张恨水第三次沈阳之行是在这一年的八月十四日至二十三日。他在《春明外史》续序中写道："十八年（1929）八月二十二日由沈阳还北平。"这篇序文就是在沈阳到北平的火车上写的，"文成时，过榆关三百里外之石山站也"。

此时正是"中东路事件"东北军与苏军进入战争状态的初期，八月十七日，中国国民政府发表对苏交战宣言。张恨水赴沈，其目的就是要了解张学良的真实意图和态度。回到北平后，他很快写了《张学良谈对俄方针——国境有充量准备，但绝不妄开一枪》的报道，刊载于《上海画报》第 502 期。

他的报道未发其供职的《世界日报》，而远寄沪上，其原因或在于，他对此一事件的看法，与成舍我有很大

分歧。九月十二日，《世界日报》发表了署名"百忧"，题为《谨建议于政府及国民之前》的社论，宣称"赤俄破坏和平"，进而"建议政府：（一）应须下全国动员令，集中兵力，下殊死自卫举国一致之决心；（二）应通告全世界，宣布赤俄屡次侵我领土，戮我人民之各种事实；（三）在赤俄未完全停止暴行，及向我谢罪以前，中俄之一切谈判，立即停止，切勿在其炮火胁迫之下，而有所和平交涉之进行，致使世界笑我，有靦面目，无复国家人格之存在"。

这种火上浇油式的言论，引起读者不满。为平息舆论，即由张恨水另写一篇社论，题为《苏俄对华之"战"的程度》，刊载于九月十六日《世界日报》。他认为："就事实而论，俄不能战，亦不欲战。"他有两点理由支持这个论点："（一）苏俄自革命后，直至1923年，农民所得之粮食，犹不足以自给，更无论以剩余之品而换工商品。""而谓于此时，将驱饥饿不能求生之民以与中国战，此必无之理也。（二）苏俄之目的，非在引起世界革命民族自决者乎？在此范围中，根本即不容有侵略邻邦事实之存在。""使其果欲与我国宣战，则我国西北边界，千里而无一兵，赤军大可长驱直入，而可无所忌惮，今俄人计不出此，亦正不欲战之一证也。"

张恨水此论虽不能说真懂苏俄，但他毕竟说出了部分实际情况，是有益于舆论的。但《世界日报》一周之内发表两篇观点分歧的社论，总须对读者有所交代。故成舍我专为这篇社论写了按语，置于文后，他指出：

> 恨水先生此文，于苏俄实况，言之至切。惟苏俄固不敢轻冒不韪，而在我则决不能不有应战之准备。国人幸勿误解恨水先生之意，即谓对俄问题，可高枕无忧也。

很显然，张恨水是以自己的方式帮助张学良。北平美术专科学校学生荆梅丞曾在回忆录中提到，"九一八"事变之后，国内舆论异口同声地谴责张学良的不抵抗政策，造成东北沦陷。一时间，张学良成为国人皆曰可杀的民族罪人。他与几个同学亦曾计划暗杀张学良，为民除害。此事为张恨水所知，遂将同学们召集起来，谈了自己的看法。他说："你们仇恨张学良主任（此时张学良担任北平绥靖公署主任），还要加害于他，这种想法却是大错特错了。"他接着说："我与张主任交往非一朝一夕，我深知他的为人。现在一些报纸说他是'不抵抗将军''不爱江山爱美人''花花公子'等，把'九一八'事变的责任归到他头上，这是不公平的。现在我给你们也说不清，不过我相信历史总会告诉你们的。"

由此可见张恨水与张学良的相知和情谊。故正在庐山牯岭寄情于小说创作的张恨水，既闻张学良约见，很快便结束了笔下的文字，收拾行装，赶赴武昌。二人相见，自有一番长谈，张恨水尽其所知，向张学良讲述了他的所见所闻。

此时的张学良，欧游归来不久，先是被任命为"豫鄂皖三省剿匪副司令"，随后，又被任命为武汉行营主任，兼任西北剿匪副总司令并代行总司令职权，所以，他很希望了解西北真实的政情民情，张恨水此行西北，等于为张学良西北履职做了前期调研。

尽管如此，张恨水始终没有迈出从政为官这一步。这固然与他一生秉持的信念有关。作为一个报人，他始终不肯放弃民间身份和民间立场，不仅不参加任何党派、团体，更鄙薄那些在官场上钻营，跑官求官的人。

他的老朋友张友鸾家累很重，孩子多，在重庆生活颇不容易，有个朋友建议他改行做官，张恨水便坚决反对，他当即画了一幅"山松图"并以题诗来规劝他：

托迹华巅不计年，两三松树老疑仙。

莫教坠入闲樵斧，一束柴薪值几钱。

张友鸾很感激张恨水的这番肺腑之言，最终拒绝了朋友的邀请，没有离开报人的岗位。其实，这首诗所表达的未尝不是张恨水的心声。他很看重自己的寒士出身，认为士一定要有士的气节和人格，就像凤凰一样，"非梧桐不栖，非竹实不食，非醴泉不饮"。他的意思是说，士是要有一点自尊、自爱、自重的，如果"为升斗之禄，妻妾之奉，飞下梧桐，钻入鸡鸭群中，人家也就以鸡鸭视之了，那真可惜之至"。从他的这些议论中，不难体会张恨水拒绝到张学良那里做官的初衷。

虽然没有追随张学良从政，但张恨水还是很关心和惦念张学良的。网上流传着一件逸闻，说的是1946年春天，仍被羁押在息烽的张学良，曾托朋友把他的两首新诗寄给张恨水，刊发在张恨水主持的北平《新民报》上。这又是一件张冠李戴的笑话。

张学良在 1946 年春天的确写了《发芽》《抢粪》两首新诗，但并未经由张恨水发表于北平《新民报》，而是刊发于 1946 年 5 月 4 日的《新华日报》，剧作家田汉读后还曾作和诗二首，并写了百余字的引言，感慨系之，均见于同日《新华日报》。

不过，张恨水的确不曾忘记张学良，在他主持北平《新民报》期间，仅 1946 年，就曾两次为张学良写文章，一次是 1946 年 4 月 30 日的《读史》，对他用五六年的时间读《明史》大为赞赏，以称许的口吻说："在这一点上，知道汉翁不是二十年前的公子哥儿了。"另一次是"西安事变"十周年的时候，1946 年 12 月 12 日，张恨水写了《今日赠张学良》一文，在北平《新民报》副刊《北海》发表。文章不长，谨以此文为张恨水与张学良的情缘画个句号：

今日双十二，不免想起了西安事变。这幕

戏两个主角，一个是张学良，一个是杨虎城。八年来，他们的情形一向是神秘的，在后方都不大明白，更遑论收复区了。

我们所知道的，张学良已于一月前，坐专机由贵州去台湾。杨氏的情形，却不大清楚。在廿八年（1939）以后，有人就说杨氏死了，其实没有。他住在息烽县乡下，和张氏所居，隔一个山。去年笔者过汉口，听到人说，他的部下某大员，曾去探过杨氏一次呢。贵州是山区，台湾是海岛。不才为张氏撰一联送之：

日积十年钓鱼，晚积十年读史，学而习之。
昔居四面包山，今居四面环水，良有以也。

汪曾祺与易代之际的北京文坛

孙 郁

在革命轰轰烈烈的时期，一个青年编辑却在单色调里，会心地欣赏着偶尔闪现的士大夫的灵光，且捕捉到它，记录它，那也是多趣之人才有的眼光。

一

　　汪曾祺第一次到北平是在 1948 年，因为女友施松卿到了北大任教，他便放弃了上海的教职，匆匆随之北上。

　　那时候他的老师沈从文在北平，且主持几个报刊，大学时代的几个同学也在帝京谋职，有了一点点社会关系。凭借着沈从文的背景，他在历史博物馆觅得一职，慢慢安定下来。

　　初到古都，内心像灰蒙蒙的雾，茫然地罩着自己。他大概还在做作家的梦，有着大学时代的为艺术而艺术的憧憬。写的东西也不多，但佳作是有的。邵燕祥就注意到了他的作品，留下的印象很深。汪氏年轻时期的文字有生气，受到一点现代主义的影响，也染有沈从文式的清淡，可是他自己对所写的文字并不满意，好像内心的潜能还未被挖掘出来。探索的年龄是躁动的，他也不能免俗。

他和施松卿在政治态度上属于中立的，对党派文化都有点隔膜。西南联大的学生左翼的也有一些，但温和派的不问政治者也不在少数。直到北平生活后，他们还保留着旧的风格，好像世风未能影响一般。汪朗、汪明、汪朝在《老头儿汪曾祺》一书中介绍说：

> 爸爸在午门闲极无聊打发时光，妈妈在北大教书倒是挺上心。当时妈妈负责公共英语的大课，解放战争打得热火朝天，她还在劝导学生好好学习。有一个学运积极分子经常缺课，妈妈就专门找他进行个别教育，说像你这样不好好学习，将来是没有前途的——此人就是胡启立。爸爸和妈妈，真真正正是一对书生。

不问政治，又没有多少社会关系，生活自然单纯。而历史博物馆的工作尤为单纯，使汪曾祺变成一个闲人。那段生活对他来说，只能以无聊谓之。

历史博物馆是鲁迅那代人在民初创建的。地点很长
的时间在午门上。自从宣统皇帝被逐出宫门后，皇宫变
成了故宫博物院，午门后来则归属历史博物馆。他到博
物馆工作，对那里的环境并不熟悉，也一直没有进入到
这个行业的中心里去。倒是他的老师沈从文后来进入此
间，成了文物专家，那已是后来的事情了。

在《午门》一文里，汪曾祺写道：

> 一九四八年，我曾在历史博物馆工作过将
> 近一年，而且住在午门下面。除了两个工友，
> 职员里住在这里的只有我一人。我住的房间在
> 右掖门一边，据说是锦衣卫值宿的地方。我平
> 生所住过的房屋，以这一处最为特别。夜晚，
> 在天安门、端门、左右掖门都上锁之后，我独
> 自站立在午门下面广大的石屏上，万籁俱静，
> 漫天繁星，此种况味，非常人所能领略。我曾
> 写信给黄永玉说：我觉得全世界都是凉的，只
> 我这里一点是热的。

在午门都做了什么工作，他语焉不详。好像对这里并无深情。匆匆一年，几乎没有留下什么痕迹，就那么一点点虚度过去了。他回忆道：

午门居北京城的正中。"午"者，中也。这里的建筑是非常有特色的。一是建在和天安门的城墙一般高的城台之上，地基比故宫任何一座宫殿都高。二是它是五座建筑联成的。正中是一座大殿，两侧各有两座方形的亭式建筑，俗称"五凤楼"。旧戏曲里常用"五凤楼"作为朝廷的代称。《草桥关》里姚期唱："到来朝陪王在那五凤楼。"《珠帘寨》里程敬思唱："为千岁懒登五凤楼。"其实五凤楼不是上朝的地方，姚期和程敬思也不会登上这样的地方。

五凤楼平常是没有人上去的，于是就成了燕子李三式的飞贼的藏身之所。据说飞贼作了案，就用一根粗麻绳，绳子有铁钩，把麻绳甩上去，钩搭住午门外侧的城墙。倒几次手，就"就"上去了。据说在民国以后，午门城楼上设立了历史博物馆，在修缮房屋时，曾在正殿的天花板上扫出了一些烧鸡骨头、桂圆、荔枝皮壳。那是飞贼遗留下来的。我未能亲见，只好姑妄听之。理或有之：躲在这里，是谁也找不到的。

可以想象他那时候的孤独。午门内外，都是冷冷的世界。和他亲近的很少很少。那时候在北平可接触的人没有几个，所得也只能是空漠的东西吧。单位的工作都很普通，翻资料、做卡片，接待参观者。在文化单位，往往感受不到文化，只能呆看着周围的世界。那时候筒子河边常有杂耍之人，算卦、卖艺者多多。据说还有些叉鱼者，他都好奇地看着这些。对他来说，可做的事情还太少了。

1948 年的古都，文物界十分萧条。中断了二十年的中国博物馆协会开始活动，故宫博物院院长马衡被选为会长。年底，故宫的一些文物开始往台湾迁运，社会动荡对博物馆界的影响是大的。据《故宫博物院八十年》介绍，国民党部队数次要进入故宫，均被拒绝。于是只好大门紧闭，不得开放。而午门则成了少数可以参观的景点。到了 1949 年 2 月，故宫才又开始售票，参观的人数并不太多。

而文化生活也非想象的那么活跃。左右翼的报纸杂志都各有市场，在政治极为复杂的情况下，艺术的光芒被战云所遮掩。那些不谙政治的文人大概也意识到了问题的复杂性，内心也有诸多困扰是自然的。邵燕祥曾写道：

> 按照当时通用的区分左中右的惯例，我那些地下党同志所推许的作品，所发表的言论，所介绍的书刊，包括胡风主编的《希望》等等，是左派，当时的影响主要在若干左倾同学中间，也可能及于个别报纸的副刊。如我常读的《经世日报》副刊上，就有我认为是进步倾向的诗歌，不止柯原《雪夜的祝福》一例，至今我不知道那版的编者是谁。《国民新报》的副刊也是这样，编者孙复如不是地下党员，也必是党的同情者。天津《大公报·文艺》似是劳荣、刘北汜主编，至少应是中间偏左；天津

《益世报·语林》是文艺性综合副刊，有些散文随笔小小说很好，其中有一位署名甲乙木的作者，就是地下党员、老报人吴云心。

当时平津有几个大报的文艺版面，大体上属于中间派。

天津《大公报》的"星期文艺"，冯至主编，天津《益世报》的"文学周刊"，沈从文主编，都是从一九四六年开始了的。前者除了文艺作品，有时评介外国文学和美学著作，对纪德、萨洛扬、克罗齐等都发过专论。后者以作品为主，穆旦的诗、汪曾祺的小说、黄永玉的木刻都在这里崭露头角，还有些看来是北大中文系同学如王连平等课堂作业中的佳作。穆旦当年曾招致左派朋友抨击的《时感四首》就发表在这里。

北平的《平明日报》是傅作义办的，有个"星期艺文"标明沈从文、周定一主编；北平的《经世报》，李宗仁办的，有个《文艺周刊》，标明杨振声主编，实际有金堤、袁可嘉协助；北平的《华北日报》，是国民党党报，有个"文学周刊"由沈从文委托吴小如主编，"文学"二字先后由沈从文和吴父吴玉如题签。这三处我都因投稿结下文字缘。

邵燕祥的记忆到晚年一直清晰得很，他替我们还原了汪曾祺午门岁月的文学环境。汪曾祺对发生过的事情只记得心里体验，不太注意历史的细节。但这些资料足以证明那时候北平的写作群落的状态，汪曾祺在四十年代末的创作不多，也没有邵燕祥那么热情，他和激烈的环境还是一种不即不离的关系。

此时古都经历着大分化和大变动的时期，沈从文不断感受到左翼作家的力量。自由主义的文人和象牙塔的文人都有点落伍的样子。包括沈从文在内，焦虑的心情是时常有的。对这些压力，汪曾祺大概感觉不深，因为他还是个小萝卜头，没有谁关注过这个外乡人。他和施松卿过得很浪漫，经常到饭店去，逛逛名胜。有时候到清华大学去见见老同学朱德熙。有一年新年就是在朱德熙家里度过的。朱德熙过的是学者生活，他是否羡慕

不得而知。做博物馆的馆员，在他是合适的，对其作家
的生活不无益处，虽然那时候并未意识到。不过与学术
圈子里的人相聚，那是他少有的快乐。在这个古老的地
方，认识的人十分有限。古都给汪曾祺的印象是苍古
的，许多风情与旧迹他都喜欢。关于这座古城的过去的
描述，曾略知一二，真的置身于此，便也有些茫然。最
初的感觉是寂寞，这里的一切和上海不同，古老的街道
掩映着岁月的风尘。唤起他的诗情的地方很多，可是在
与其对话的时候，却也没有什么言辞了。

二

　　他在旧京一年多的生活，参加过一些文化活动。这
些多与沈从文有关。在《大公报》上能够看到他的一些
活动的片断，对了解彼时的文人生活不无参考。《大公
报》的副刊都很活跃，作者以京派作家学人为主，而内
容也不乏左翼色彩的。书评方面有苏联的情况，高尔基
的作品也在版面中可以看到。议论中国作家最多的是鲁
迅，但多谈艺术与生平史料方面，如牛山《鲁迅与木

刻》，洛味《鲁迅与周作人》等。朱自清去世后，刊载的文章很多，左翼学生王瑶在《朱自清未完成的一篇序文》里的文字，都很滚烫。不过《大公报》总体趣味是偏于趣味与学理。张申府、李长之的谈孔子，钱谷融的议论国文教育，袁可嘉关于新诗的连载文章，以及靳以、唐湜的随感，都没有血色的渲染。副刊所介绍的外国作品亦有品位，关于 T. S. 艾略特的短文，纪德的游记，都能看出编者的目光。作品版有时候也有小小的怨怼的文字，那多是域外的作品，是小知识分子式的感伤。如挪威诗人 A·尔弗兰《我们要活下去》，因为是洋人的作品，与当下中国人的感受自然有别。

汪曾祺是参与过报社的活动的。一是和沈从文等人出席一个关于文学前途的座谈会，一是积极投稿。有趣的是他和女友施松卿都给《大公报》写过文章。汪曾祺的那一篇叫《昆明的叫卖缘起》，发在 1948 年 6 月 12 日"大公园地"上。到了 10 月 24 日，副刊上就有了施松卿的《在汽船上》。两个人的文字，都很安静。汪曾祺那篇，完全带着社会学家和诗人的趣味，杂学的痕迹悠然飘来。他晚年在此类文本中大显身手，不是一日之功，可以看出出道之早，这也可以解释沈从文欣赏他的原因。在气脉上，他们之间的确有相通的地方。

那时候左翼文化对文坛的冲击很大，作家们惶惑的地方殊多。1948年，汪曾祺出席关于文学前景的座谈会，听到袁可嘉、沈从文诸人的讲话，内心不免有些惆怅。京派作家的普遍的压力，让他意识到时局的严酷。而他内心神往的还是远离血与火的生活。作为晚辈，在座谈会上他最后一个发言，很低调，对艺术的偏爱依然在京派的世界里。他的创作兴致还没来得及发挥，晦气就罩到了头上。

一个南方人忽然在北地生活，对地域的反差是看得清楚的。北方正在轰轰烈烈地革命，地下党的活跃，左翼作家的活跃，似乎比上海和昆明更甚。他躲在博物馆里，能够感到外面的世界的变动。

在动荡的时候，艺术收获平平，而生活的感触却在一点点增加。有了阅人读世的感受。后来谈到北京的特点，他概括说，北京人一是爱满足，二是喜欢看热闹。满足，当然就没有剧烈的冲撞，能心平气和地打量世界。看热闹，那是一个传统，静观虎斗，有看客的意识是自然的了。这在审美上，是独特的方式，可是人生的状态，就少了朝气和生气。京城人也是有骨气者多，只是乱骂罢了。在博物馆，他接触了地道的北京人，京腔京调，都很美，他觉出了其间的味道来。有一位叫老董的人给他的印象一直挥之不去。他在《老董》一文里专门写到了自己的印象：

　　他什么时候到历史博物馆来，怎么来的，我没有问过他。到我认识他时，他已经不是"手里的钱花不清"了，吃穿都很紧了。

　　历史博物馆的职工中午大都是回家吃，有的带一顿饭来。带来的大都是棒子面窝头、贴饼子。只有小赵每天都带白面烙饼，用一块屉布包着，显得很"特殊化"。小赵原来打小鼓的出身，家里有点积蓄。

　　老董在馆里住，饭都是自己做。他的饭很简单，凑凑合合，小米饭。上顿没吃完，放一点水再煮煮。拨一点面疙瘩，他说这叫"鱼儿钻沙"。有时也煮一点大米饭。剩饭和面和在一起，擀一擀，烙成饼。这种米饭面饼，我还没见过别人做过。菜，一块熟疙瘩，或是一团干虾酱，咬一口熟疙瘩、干虾酱，吃几口饭。有时也做点熟菜，熬白菜。他说北京好，北京的熬白菜也比别处好吃——五味神在北京。"五味神"是什么神？我至今没有考查出来。

他对这样凑凑合合的一日三餐似乎很"安然"，有时还颇能自我调侃，但是内心深处是个愤世者。生活的下降，他是不会满意的。他的不满，常常会发泄在儿子身上。有时为了一两句话，他忽然暴怒起来，跳到廊子上，跪下来对天叩头："老天爷，你看见了？老天爷，你睁睁眼。"

汪曾祺在短短的时间就感受到了京城底层人的原态，素朴的生活背后的焦虑也烤灼着他。破败古都的人与事，早已没有了诗意。联想十余年前看北京作家对那里的冲淡古意的描写，他恍然意识到文字里的世界与真的人生的不同。意识到自己和这个旧都有着既亲又离的关系。他有些茫然甚至淡淡的哀伤。北方也无非如此，大家都在非人的世界上存活着，有什么办法呢？

半年下来，他对这里的生活就有点厌恶了，很长一段时间没有融到其间。毕竟是年轻的时候，没有定力是一个因素，另外，时局动乱也是个因素。所以，解放军进城后，他选择了随军南下，离开了古城。陌生而新鲜的生活在召唤着他。对他来说，过于寂寞也非真的人的生活。刺激与庄严，对这个青年人而言，依然比沉寂好。他不能成为一个学人，在此也可印证些什么。

三

汪曾祺从南方调回北京是 1950 年 7 月，新中国已经成立，北平这个称谓被终止，旧京已经今非昔比。他的工作变动有一番周折，最后终于如愿，落脚到北京文联，任务是编辑《说说唱唱》。

这个杂志创刊于 1950 年 1 月，因为可以接触到民间文艺的作品，民俗中的有意味的因素含在其间，编起来有一点的趣味。建国初办这个杂志，有点和知识分子的文本作对的意思。新中国了，一切要不同于过去，古文不行，外国的文艺不行，可以生长的唯有民间性的作品。创刊号上有郭沫若的题词："说说唱唱要表现出新时代的新风格，不仅内容要改革，说唱者的身段服装也须得改革。请大家认真考虑一下。"茅盾的题词写道："民族的大众的科学的说说唱唱。"这些观点，大概可以看作是杂志的纲领，汪曾祺的工作，只能在这个框架下进行着。他知道，正经着一个变革的时代，自己只能跟上脚步而进，过于被动是不可以的。

杂志最早的主编是李伯钊、赵树理，编委有：王亚平、老舍、苗培时、康濯、王春、马烽、凤子、田间、辛大明、章容。到了1951年10月，主编改为老舍，副主编则为李伯钊、赵树理、王亚平，而主持工作的是赵树理先生。《说说唱唱》乃新中国初创时期重要的文艺期刊，它基本延续了解放区文艺的传统，以大众的戏曲为主，兼含故事、小说，都是通俗的作品。创刊号的目录如下：

　　　　赵树理：《石不烂赶车》

苗培时:《双喜临门》

康濯:《李福泰翻身献古钱》

马紫笙:《工人科长牛占梅》

景孤血:《香炉回家》

辛大明:《烟花女儿翻身记》

草田:《大众诗选》（编辑的组诗）

第二期的目录是：

王彭寿:《测量拒马河》

老舍:《生产就业》

马烽:《周支队大闹平川》

王素念:《红花绿叶两相帮》

连阔如、苗培时:《飞夺泸定桥》

张景华:《劝买公债》

李伯钊:《送红袄》

赵树理:《石不烂赶车》（下）

葛翠林:《月儿照正南》（改编）

阅读杂志里的文章，和汪曾祺自己的爱好颇有距离，工作有点简单化。一线的工农作者其实很少，多是读书人按照工农的口吻设计出来的文字，可以说是读书人模拟的大众口吻的读本。编辑部常常要配合形势发各类文章，因为作者的来稿多不能采用，编辑们只好亲自动手。这也就是为什么编委的文章时常见面于该刊的原因。汪曾祺回忆，赵树理常常在来稿里挑来挑去，因为多为废稿，沮丧的时候居多。有一次无意发现陈登科的《活人塘》，兴奋了半天，发表出来后还亲自为文，向读者推介。这个工作态度，其实隐含着一种取向：工农的文艺，要靠新式的文人的参与才可以产生。没有新文人这个环节，就没有新的群众艺术。

《说说唱唱》的创办有新中国文艺建设的策略，基本是在以大众的形式去争取读者。在那时候其实自有难度，因为大众的口味不是这样的作品。赵树理在1949年到天桥一带看节目，剧场都很热闹，可是他有点失望，就说：

我常到天桥一带去，看见许多小戏园子

里，人都满满的，可是表演的却不是我们文艺界的东西。我们号称为人民文艺工作者，很惭愧，因为人民并未接受我们的东西。广大的群众愿意花钱甚至站着去听那些旧东西，可见它是能够吸引住人的。它的内容多半是以封建体系为主，表扬"封建君主的尊严""某公子中状元""青天大老爷救命""武侠替天行道""神仙托梦""一道白光"等等。这些题材，基本上都是歌颂封建体系的，拿这些很为群众喜爱的文艺形式，却灌输给群众许多封建性的东西，这是一件非常可惜的事。虽然群众很需要新的文艺作品，而我们也急于把我们的作品深入到群众中去，但两下接不上头，互相结合不起来。就天桥来说，我们的文艺作品很少能卖到天桥去。因此我们感到有组织大众文艺创作研究会的必要。

这是他在大众文艺创作会成立大会上的讲话，时间是 1949 年的 10 月，恰是《说说唱唱》成立的前夕。汪曾祺参加到这个杂志的工作中，也有适应的过程，内心在慢慢熟悉这里的一切。在创作理念上，他自然不及赵树理成熟，和康濯、李伯钊、王亚平比，亦有很大的距离。不过因为都是有一定学术眼光和创作经验的人，刊物有一些内容是很有情调的。比如注意对民俗和民间艺术的整理，从古典文学里寻找白话文的技巧，搜集西藏、内蒙古的民谣，甚至把目光放在国外。比如对朝鲜民间故事的整理，都有特点。刊物还关注书法与绘画，胡絜青曾在杂志上写过一篇介绍齐白石的文章，别开生面。这里有老舍的意图在，是否包含着赵树理的理念也未可知。汪曾祺对齐白石的注意，也在这个时期。他喜欢齐白石的笔法和超然的人生态度，对笔墨间灵动和脱俗的意象佩服不已。《说说唱唱》因有了这样的品位，一时吸引了不少读者。

因为是解放初期，对新的艺术如何表达看法不一，《说说唱唱》刊载的文章在风格上也不一致。给人印象深的是老舍的一些曲艺作品，乃地道的老北京方言，唱词里都是新人新事，文字间有抑制不住的翻身喜悦。王亚平那些配合运动的文本，邓友梅关于抗美援朝的小说，吴晓铃的谈论民歌的短文，都有些趣味。《说说唱唱》刊发的《关于婚姻问题的民歌》及《花儿选集》，野性之间还有温情，出其不意的笔法殊多，乃难得之作，都有很高的审美价值。有的想象力是出人意料的，这大概是五四时期北大整理歌谣之后，更为集中的一次民歌搜集，编者很有民俗学的眼光。

但编辑们并非一味迎合民间小调，毕竟是文人办刊，知道民间存在的问题，偶然也刊载了讽刺国民性的作品。他们也以为是寻常之事，不过"五四"以来的风格的延续。不料却遭到批判，不得不作自我批评。一是在16期上刊发的《政府不会亏了咱》，被个别读者和有关部门认为歪曲了现实。编辑部迫于压力，在1951年9月21期刊发检讨文章。在另一期发表的小说《金锁》，模仿了《阿Q正传》的笔法，写了农民的弱点，也遭到批判。赵树理不得不出来检查，说了些无奈的话。编辑队伍不都懂政治，比如介绍武训这个人物，就用了中性的语言，没有阶级的观点，赵树理也得进一步检查自己。显然，他们还不太适应变化的时代，从赵树理那时候的言谈里，可以看出内心的压力。解放初期的官方文艺思想与作家之间的复杂关系，在《说说唱唱》的命运里是有所体现的。

汪曾祺在这本杂志上发表的东西很少。偶有文字，都是配合形势的表演唱或文史钩沉之类的作品。一次是在编辑部公开检查错误后，为表达忠心而集体创作的曲艺联唱《歌颂天安门》，他是主要执笔人，其他作者有沈彭年、王素稔、施白芜、金寄水、齐芳、曹菲亚、姚锦、孙毓春等。一次是对白居易诗歌的翻译，有文言到白话的转化，功力不俗。还写过一篇专访，看那文字，和别人是不同的。他在那时候不过一个配角，不在主流里。只是在紧要时候出来应付一下，也就躲到一旁了。

四

年轻的汪曾祺在编辑部的几年，最大的收获是了解了北京的底层文化，结识了一批和京派作家风格不同的前辈。他对北京的了解，是通过老舍、侯宝林、连阔如的文本开始的。

老舍生前说，在北京作家中，他最怕的是两个人，一是端木蕻良，一是汪曾祺。我猜想这背后的原因是这两个小于自己的作家有学问，这是自己心虚的地方。

北京作家谈起老舍，都有着佩服的口气。老舍的文字好，人好。他的作品很有天赋，大凡写北京生活的人，不得不对其文本感念再三。老舍是颇有趣味的人，是杂家，没有一般文人的毛病。而且在民俗里能体现出美来，实在不易。在北京市文联工作的年月里，汪曾祺和老舍有过一些接触。那时候老舍是上级，他是青年，中间隔着几个级别。可是不久就感到，这位领导没有架子，身上有着好玩的气息。他回忆道：

> 我在市文联几年，始终感到领导我们的是一位作家。他和我们的关系是前辈与后辈的关系，不是上下级关系。老舍先生这样"作家领导"的作风在市文联留下很好的影响，大家都平等相处，开诚布公，说话很少顾虑，都有点书生气、书卷气。

从汪曾祺的回忆里能感到，他和老舍是熟悉的，但交往不深。他去过老舍家几次，大概都是吃饭，和友人们在一起谈天。时间在五十年代初，也正是老舍回国不久的时候。按北京的风俗，请客有点讲究，特别是旗人。老舍的家书香气浓，给他很深的印象。他写道：

> 北京东城迺兹府丰盛胡同有一座小院。走进这座小院，就觉得特别安静、异常豁亮。这院子似乎经常布满阳光。院里有两棵不大的柿子树（现在大概已经很大了），到处是花，院里、廊下、屋里，摆得满满的。按季更换，都长得很精神，很滋润，叶子很绿，花开得很旺。这些花都是老舍先生和夫人胡絜青亲自莳弄的。天气晴和，他们把这些花一盆盆抬到院子里，一身热汗。刮风下雨，又一盆一盆抬进屋，又是一身热汗。老舍先生曾说："花在人养。"老舍先生爱花，真是到了爱花成性的地步，不是可有可无的了。汤显祖曾说他的词曲"俊得江山助"。老舍先生的文章也可以说是"俊得花枝助"。叶浅予曾用白描为老舍先

生画像，四面都是花，老舍先生坐在百花丛中的藤椅里，微仰着头，意态悠远。这张画不是写实，意思恰好。

　　客人被让进了北屋当中的客厅，老舍先生就从西边的一间屋子走出来。这是老舍先生的书房兼卧室。里面陈设很简单，一桌、一椅、一榻。老舍先生腰不好，习惯睡硬床。老舍先生是文雅的、彬彬有礼的。他的握手是轻轻的，但是很亲切。茶已经沏出色了，老舍先生执壶为客人倒茶。据我的印象，老舍先生总是自己给客人倒茶的。

　　我第一次读到此文，就深觉汪氏观察事物之细，而且都是有趣的环节。那么说来他不止一次到过老舍的院子里。那时候他和林斤澜在文联是小字辈，老舍很欣赏他们两人，想必是在大宴宾客的时候也没有忘记这两个忘年交。汪曾祺的喜欢老舍有几个原因。一是他们都喜欢杂览，欣赏绘画和戏曲，二是都对民俗有点心得。他们虽然是写小说出身的，可是都有杂学的功夫。汪曾祺在编《说说唱唱》的时候，对民间的艺术已经很有心得了。老舍则在实践中早就把快板、相声纳入自己的趣味里了。他看过那些作品，都不能不佩服。而那几处出名的话剧里的戏曲的因素，也让其大为惊异。

　　老舍的一些爱好，是深得艺术要义的。汪氏不是不知道此点。他们谈论画的文章，在一些地方很像，是有眼光的人。比如都欣赏齐白石，对京剧的妙处也能体味一二。老舍在四十年代末写过一篇《傅抱石先生的画》，他自称是外行，可是讲得很有道理。对傅抱石、林风眠、丰子恺的点评都很到位。他赞成学习西画的因素，可是也不忘对笔墨的关照，就是要有点东方气。建国后他鼓励过黄胄，支持过黄永玉，和徐悲鸿、齐白石关系密切。懂画的作家，文字一般是好的。汪曾祺也是这样的。文人的妙处是能从文史与琴棋书画里得到乐趣。老舍的这些野狐禅的学问，令汪氏大为敬佩。因为后来的作家，有此功底的越来越少了。

五

　　《说说唱唱》编辑部里最迷人的人物是赵树理。与赵树理共事，打开了汪曾祺审美的另一扇大门，眼睛为之一亮。他对这个土生土长的作家颇为佩服，在小说笔法、学识、为人方面，开悟很多。赵树理是真懂民间艺术的人，言及戏曲、杂技、小说、诗词方面都有妙论，散淡得如乡野高人。他的小说传神之外，还有学理的力量，带着乡村中国的魅力。和那些大学教授不同，也与沈从文有别，赵树理乃民间智慧和传统文化的有趣的嫁接者，旧的读书人的毛病殊少，而传统文化精妙的因素却得以延伸。赵树理这样的人物，在汪曾祺看来是一个奇迹，因为有泥土气，又有新的创新的理念，遂远离了士大夫的窠臼，新时代的气象罩在身上。这在汪曾祺看来不妨是一种选择。在易代之际，有此气象者，唯老舍、赵树理两人而已。

　　赵树理的文章表面很土，其实有读书人少有的见识，识人之深可与鲁迅相比。他写乡间的人物，用评书与戏曲的笔法，画面感与诗意相间，泥土的趣味在。鲁迅写小说、杂文，多是读书人的话语，用赵树理的话说是给知识阶层看的。而他的文字乃给大众的，主要的接收者是农民。短小、曲折，人物鲜活，语言很民间气，又有提炼，乡土的精华都集于一身了。他读人很深，写各类人物都有特点，像传统说书里的人物，呼之欲出。可是这些人物与故事又没有旧文艺的老气与奴性，是解放了的文字，直面的是变革中的社会。不妨说有一种对百姓尊严的关照。这一点又是"五四"的遗绪，放大了鲁迅精神。《小二黑结婚》《三里湾》都有奇笔，为新文学中难得的佳作。汪曾祺在他那里看到了审美的亮点，那里有的恰是京派文人没有的意蕴。他其实更欣赏的是赵树理、老舍的文笔，京派作家中，除了废名、沈从文外，在小说天才方面能及赵树理与老舍的不多。汪曾祺在后来的写作里，是有些受到后者的影响的。至少他们的底层体验的实绩，对其视野的开阔不无影响。

五十年代的文学有一种倾向，那就是对知识阶层的贬低，相声、小品里的段子很多，有意提高工农的境界。汪曾祺受到刺激是一定的，或者有些压抑也是可能的。不过他在老舍、赵树理、齐白石那里也受到诸多新色调的暗示，比如如何从百姓中学习语言、提炼语言，如何在民间戏曲中感悟表达的神采。从民间学习语言，不是模仿街头艺人的段子，而是得其形而换其意，背后有人性的神采。这些，大概就要靠学识的培养，非一日之功。老舍、赵树理都读书很多，收获自然也大。其实，那时候的老舍、赵树理不都反对知识分子的写作，他们以为文人与工农的创作各有价值。"五四"后已有了鲁迅、茅盾、曹禺等人的经验，自然要发扬的，可是他们也认为，文学有着多样的可能，从大众与民间提取诗意与趣味，也并非不是可能，况且正经历着教育百姓的变革之际。

汪曾祺欣赏赵树理，大概还有一个原因，那就是身上还残留着旧文人气。这些在日常中可以看到。比如其书法好，钢笔字是力透纸背，没有俗气，一看便有形神之美。赵先生偶尔写的五言七绝等，老到深切，悟道甚深。这一些，都非一般文人可以做到，可谓智者气象。汪曾祺回忆说：

赵树理同志的稿子写得很干净清楚，几

乎不改一个字。他对文字有"洁癖"，容不得一个看了不舒服的字。有一个时候，有人爱用"妳"字。有的编辑也喜欢把作者原来用的"你"改"妳"。树理同志为此极为生气。两个人对面说话，本无需标明对方是不是女性。世界语言中第二人称代名词也极少分性别的。"妳"字读"奶"，不读"你"。有一次树理同志在他的原稿第一页页边写了几句话："编辑、排版、校对同志注意：文中所有'你'字一律不得改为'妳'字，否则要负法律责任。"

树理同志的字写得很好。他写稿一般都用红格直行的稿纸，钢笔。字体略长，如其人，看得出是欧字、柳字的底子。他平常不大用毛笔。他的毛笔字我只见过一幅，字极潇洒而有功力。是在劳动人民文化宫见到的。劳动人民文化宫刚成立，负责"宫务"的同志请十几位作家用宣纸毛笔题词，嵌以镜框，挂在会议室里。也请树理同志写了一幅。树理同志写了六句李有才体的通俗诗：

古来数谁大，

皇帝老祖宗。

今天数谁大，

劳动众弟兄。

还是这座庙，（劳动人民文化宫原是太

庙——引者注）

换了主人翁！

汪曾祺对赵树理的形神的描述，是一篇美文，文人飘逸可爱的一面，均含此间。他在这个新旧参半的文人身上，看到神异的美。不论什么文学，什么主义，写作者如果没有性情，缺少笔墨闲情，那就殊乏趣味了。

《说说唱唱》一共编辑了63期，历时五年零三个月，其间有诸多不快的故事，汪曾祺对此默而不语。他记得的却是词章、翰墨之迹，以及那些耐人咀嚼的幽情。在革命轰轰烈烈的时期，一个青年编辑却在单色调里，会心地欣赏着偶尔闪现的士大夫的灵光，且捕捉到它，记录它，那也是多趣之人才有的眼光。

在北京的前后几年，汪曾祺经历了从文物单位到文化机构的特殊年月。历史博物馆的工作是在面对历史，进的是历史的"午门"，《说说唱唱》编辑部则是头向泥土，贴近着大众，那不妨说是进入了生活的"土门"。这对他似乎是个象征，他后来的创作，就在历史与乡土之间，往来穿梭，出出进进，就比那些未曾研究过历史与民俗的人，要有眼界。这是一个暗功夫，八十年代后，许多人模仿他而不像，那也是没有这样的暗功夫的缘故。

图书在版编目（CIP）数据

语之可. 13，万里写入襟怀间 /《作家文摘》报社
主编. -- 北京：作家出版社，2019.3

ISBN 978-7-5212-0420-9

Ⅰ. ①语… Ⅱ. ①作… Ⅲ. ①散文集 – 中国 – 当代
Ⅳ. ①I267

中国版本图书馆 CIP 数据核字（2019）第 045064 号

语之可 13：万里写入襟怀间

主　　编：《作家文摘》报社
责任编辑：杨兵兵
特约编辑：裴　岚
装帧设计：于文妍
出版发行：作家出版社有限公司
社　　址：北京农展馆南里 10 号　　邮　　编：100125
电话传真：86-10-65067186（发行中心及邮购部）
　　　　　86-10-65004079（总编室）
E-mail:zuojia@zuojia.net.cn
http://www.zuojiachubanshe.com
印　　刷：中煤（北京）印务有限公司
成品尺寸：120×190
字　　数：83 千
印　　张：5.75　　　　　　　　插　　页：16
版　　次：2019 年 3 月第 1 版
印　　次：2019 年 3 月第 1 次印刷
ISBN　978-7-5212-0420-9
定　　价：39.00 元

语之可

以文艺美浸润身心
用思想力澄明未来

　　隶属于中国作家协会的《作家文摘》报是一份以文史见长、兼顾时政的著名文化传媒品牌，内容涵盖历史真相揭秘、政治人物兴衰、名家妙笔精选、焦点事件深析，博采精选，求真深度，具有鲜明的办报特色。

　　依托《作家文摘》的语可书坊主打纯粹高格的纸质阅读产品，志在发现、推广那些意蕴醇厚、文笔隽秀的性灵之作，触探时代的纵深与人性的幽微。

作家文摘　　　語可書坊

投稿邮箱：yukeshufang@163.com